講談社文庫

伴走者

浅生 鴨

講談社

伴走者

夏・マラソン編

淡島《あわしま》は激怒していた。いかに方針があるとはいえ、連盟の要求はあまりにも厳しすぎると考えていた。だが、淡島の立場で連盟に物申すわけにはいかぬ。ここは耐え忍び、連盟も認めざるを得ぬほどの勝利をパートナーに摑《つか》ませ、その実力を見せつけるほかない。それにしても、なぜ俺たちがこのような辺鄙《へんぴ》な国の大会に参加せねばならないのか。淡島は片手で頬《ほお》をぴしゃりと叩《たた》いた。理由はわかっている。

そもそもこのマラソン大会を選んだのは淡島自身であった。気温の高いレースに体を慣らすだけでなく、金色に輝くメダルを確実に手にするためにだ。自ら選んでおきながら、それでも淡島は激怒していた。すでに国内の大会では規定の標準記録を突破している。それにもかかわらず、彼のパートナーは、まだパラリンピックへの切符を手にすることができていないのだ。

淡島は伴走者だ。伴走者とは視覚障害者とともに走るランナーである。国際大会でのレース経験もあり、科学的なトレーニング知識も豊富な淡島は、この国の陸上界において学生時代から知る人ぞ知る存在だった。大きな実績こそ残せていないが、データ分析に基づいた緻密で正確無比な走り方から、学生時代には淡島を機械と呼ぶ者もいた。

大学を卒業した後、一時は実業団に所属していたこともあったが、今は一般企業でシステムエンジニアをしている。それでも淡島は走ることをやめてはいなかった。三〇代半ばになった今でも個人の資格で様々なレースに参加している。計算通りに走る技術は衰《おとろ》えを見せていない。

淡島は手にしたロープの先を見つめた。ロープのもう一方の端《はし》をしっかりと握《にぎ》りしめているのは内田《うちだ》。ブラインドマラソン、いわゆる視覚障害マラソンの選手だ。

内田はもっと怒っているようだった。世界レベルの記録を持っていても、それだけではパラリンピックの出場枠はもらえない。パラリンピックに出場できる選手の総数は決まっていた。視覚障害者、義足者、車椅子者といった障害の種類にも関係なく、競技ごとに枠があるわけでもない。団体競技が出場を決めれば出場者の数は一気に膨《ふく》らみ、陸上のような個人競技の選手枠がそのぶんだけ減る。

記録よりもメダル。それが連盟の方針だった。

もともと国民の多くはパラリンピックにほとんど関心を持っていない。二〇二〇年に東京でパラリンピックが開催された時には多少の注目を集めたものの、大会が終わってしまえば再び無関心が障害者スポーツを覆《おお》った。もう一度関心を高め、よりよい環境をつくるには、何よりもメダルの獲得が重要だった。

「マラソンだけで枠を用意して欲しい」内田はことあるたびにそう訴えたが、パラリンピックを取り巻く現状を考えると、一人で複数のメダルを狙《ねら》える選手を送り込みたいと考える連盟の方針は理にかなっていた。装具や医療機器、随伴者《ずいはんしゃ》などを必要とする選手をパラリンピックへ出場させるには健常者以上に金がかかる。いくら世界記録を狙える実力があっても、マラソンしか走らないと宣言している内田よりも、一五〇〇や五〇〇〇、一〇〇〇〇メートルといった他の長距離競技にも出場する者が優先されるのは仕方のないことだった。

かつては標準記録をクリアし、指定された選考レースで実績を収めればブラインドマラソンの選手としてパラリンピックへの推薦資格を得ることができた。だが、東京大会が終わって以降、連盟はより厳しい要求をするようになっていた。国際大会での優勝。それが出場の条件とされた。

もともと内田は記録よりもメダルをと考えている選手だった。そういう意味では今回の連盟の方針と一致している。

「記録ってのは塗り替えられちまうからな」内田はことあるごとにそう言った。

だが、それは違うと淡島は考えていた。陸上の世界において、記録保持者というのは、たとえそれが更新されようとも伝説的な存在なのだ。メダルは特定の競技会に参加した者の中で勝ったことを意味するが、記録は過去に同じ距離を走った全ての選手の頂点に立ったという証《あかし》だ。まるで意味が違う。記録こそが陸上の価値だ。勝ち負けよりも記録のほうが重要だ。

「それでも俺はメダルがいいんだ」内田は頑固だった。

「記録のほうが重要だと思います」

「バカ。記録じゃ触れねぇだろうが」

メダルになら手で触れることができる。己の価値を自分の手で確かめることができる。内田はそう言った。

いずれにしても国際大会で金メダルを手にしなければ、パラリンピックには出場できない。いくら二人が怒ってもそれが現実なのだ。そのために淡島が選んだのが、この南国での大会だった。

朝八時の時点で気温は二四度、湿度は七〇パーセント近くあった。このあとまだまだ気温は上がると予想されている。暑い国でのレースは早朝にスタートすることが多いが、今回はテレビ中継の事情が優先されていた。この国では政府の意向が全てを決める。

二人はすでにスタート地点に立っていた。内田の体調は完璧だが、この暑さでは記録は狙えないだろう。だが今回重要なのは金メダルだ。勝つことが目的なのだ。

それは淡島にとっても大きな目標だった。

速いが勝てないランナー。レース運びは機械のように完璧だが決して勝つことのない選手。それがこれまで淡島の受けてきた評価だった。世界レベルの大会で優勝するには、ただ速いというだけではない何か別の能力が必要なのだ。そしてその何かが内田には備わっていると淡島は信じていた。

海沿いに建てられたスタジアムの客席は、原色の派手なシャツを着た人々でびっしりと埋め尽くされていた。手にしている旗のほとんどがこの国の青い国旗だった。

ここは南半球に浮かぶ小さな島国だ。観光以外の資源に乏《とぼ》しく、経済的にはけっして豊かだとは言えない。欧米との国交を回復させて以来、この小国は外貨を稼《かせ》ぐためにスポーツ大会に力を入れていた。今回のマラソン大会は、初めての開催とあって世界から注目を浴びてはいる。しかし、急ごしらえのコースは突貫工事で造成されたものだった。

マラソンはロードレースだ。完全に整備されたトラックを走る競技とは異なり、公道を走る。常識的に考えれば、数年前までまともな舗装路《ほそうろ》さえなかった国で開催できるはずはなかった。

「よくマラソンを開催する気になったよな」内田は笑った。

「そりゃ沿道がテレビ中継されたら、いい宣伝になるからでしょう」

大会コースは明らかに観光名所を網羅するように設定されていた。世界に向けて観光地としての魅力を宣伝したいのだ。

「テレビか。俺たち盲人には関係ねぇな」内田はふんと鼻息を出した。

それにしても暑い。淡島は顔を上げた。空には雲が一つもない。おそらく過酷なレースになるだろう。淡島はレース展開をもう一度頭の中で確認した。

「空気が若いな」冷房の効いた空港から一歩外に出てすぐに内田はそう言った。「影は濃いんだろう」

「え？」

「夏の影だな。感じるんだよ。濃いってさ」

見えないのに影を感じるのか。伴走するようになって三年近く経《た》つが、今でも淡島はことあるごとに内田の感覚の鋭さに感心させられた。微《かす》かな温度の差を皮膚が感じ取るのだろう。

「恋バナですか？」松浦《まつうら》が聞いた。松浦も伴走者の一人だ。まだ大学二年生だが、長距離ランナーとしてメキメキと頭角を現している将来の有望株だった。伴走者としての実力も淡島に引けを取らない。

「バカ。恋じゃねぇよ。影の濃さの話してんだよ」

「あははは」松浦は照れを隠すように笑った。「淡島さんの奥さんの話かと思いましたよ」

「俺の嫁の話はいいからさ」

「連れて来ればよかったのに。ビーチだってあるんですから」

「松浦こそ彼女を連れて来ればよかっただろ」

「俺の彼女はエロすぎるから、連れてきたら俺、走れなくなっちゃいますよ」

松浦は大袈裟《おおげさ》に手を広げて腰を振る。

「バカ。お前、本当にバカだな。大学に行ってるなんて嘘だろ」言葉はきついが内田の口調は柔らかい。

「行ってますよお。練習しに」

「はん。お前もバカだが、お前に金を使う親がバカなんだな」

「ははは。親のことは言わないでください」

「さあ、ホテルに向かいましょう。まずは時差ボケを直さないと」淡島は二人に声をかけた。

いつまでもここで雑談をしているわけにはいかない。やるべきことは多いのだ。真冬の国から真夏の国へやって来たのだ。この気候に体を慣らす必要もある。淡島はスーツケースの取っ手を摑み、タクシー乗り場の列へ向かった。

「待てよ、おい」

松浦の肩に触れたまま内田が歩き出すと、一〇人ほどの専属スタッフも後に続く。

淡島はふと後ろを振り返った。内田は白杖《はくじょう》をついていなかった。一〇日後には結果が出る。金メダルを持ち帰りパラリンピックへの切符を手に入れるのだ。

それまで喧騒《けんそう》に包まれていた競技場は、開始の時を迎えて静まり返った。大型の電光掲示板にスタートまでの時間が映し出される。

一分前。

淡島はさりげなく周囲の選手たちに目をやった。

内田のすぐそばで、エチオピアのマガルサがリラックスした雰囲気で軽く体を揺《ゆ》すっていた。汗ばんでいるのか褐色《かっしょく》の肌が銅のように光っている。その隣でガイドと書かれた蛍光オレンジのゼッケンをつけているのが伴走者のアミンだ。伴走者は全員がこのゼッケンをつけなければならない。アミンの向こう側にはウクライナのペトロフ。長い金髪を頭の後ろで結んでいるのはノルウェーのクリスチャンセンだ。チェロメイ、カイエルといったケニア勢もいる。内田の最大のライバルと言ってもいいオランダのティンメルマンスは、かなりの長身にもかかわらず、小柄な内田と似た走り方をする選手で、内田はこれまでに二回負けている。そして目の前にはこの国の招待選手ホアキン。この土地の気候に慣れているだけでなく、沿道からの応援も力になるはずだった。青いウェアからぬっと伸びた黒い手足には無駄な筋肉が一つもない。しかも伴走するのは現役の世界記録保持者エンリケスだ。世界レベルにもなれば、健常者のトップ選手がブラインドマラソンの伴走をすることは珍しくないが、それでもこれほどの選手が揃《そろ》うレースは滅多にない。ここで優勝すれば内田の実力を連盟だけでなく世界にもアピールできるだろう。

並み居る強豪たちの中から、淡島はホアキンに狙いを定めていた。ティンメルマンスへの対策はすでに終わっている。

淡島は大きく息を吐《は》いた。内田の最大の強みは最後まで衰えない精神力とスタミナだ。粘《ねば》りに粘って後半に勝負をかける。そのために完璧なレースを組み立てるのが淡島の役目だ。

電光掲示板に表示される文字の色が変わった。

「三〇秒前」淡島は声に出した。ぶるっと肩のあたりが震えた。

「今日は飛ばして行くつもりだぜ」内田は周りの選手たちに聞こえるように英語で大きな声を出す。

「そうだ。記録を狙いましょう。世界新を出しましょう」淡島も負けじと大声を出した。

二人の作戦だった。今日の天候を考えれば、どちらかといえばゆっくりとしたペースを保ち続けるべきで、むしろ前に出ようとする気持ちをどこまで我慢できるかが重要になってくる。しかし、たとえそのことを頭ではわかっていても、このようにスタート直前に煽《あお》られた選手はどこか興奮状態になり、つい飛び出してしまうものなのだ。高速ペースでレースを開始すれば、いずれはスタミナが持たなくなる。

「そうやって他の連中を先に行かせるんだ」

他の選手たちを飛び出させたあと、自分たちは確実なペースを保ちながらゆっくり抜いて行けばいい。騙《だま》すといえば聞こえが悪いが、勝つためには手段を選ばない。それが内田のやり方だ。実業団時代はスポーツマンとしてフェアな戦いばかりを続けてきた淡島も、内田とともに走るうちに、いつしか形振《なりふ》り構わず勝とうとする姿勢に影響されるようになっていた。

既に勝負は始まっている。ライバルたちを全員飛び出させる。たとえ卑怯《ひきょう》だと言われようとも、世界で勝つためには必要なことなのだ。そして内田の作戦はいつも卑怯だった。

「いいか、よく聞けよ。俺たちは目が見えない。だからちょいとブラフをかけりゃ、メンタルが狂いやすい」

もう二年半近く前のことになる。初めて二人でレースに参加する前日に、内田はそう言ってグフッという笑い声を出した。

「ブラフってなんですか」

淡島は眉《まゆ》をひそめた。陸上競技には当然のことながら様々な駆け引きがある。特に長距離走はトップレベルになればなるほど駆け引きが重要になってくる。「お前は大声で、この先は下り坂になってるから気をつけろって俺に言えばいいのさ」

内田は机の上に置いた手を交互にパンパンと小刻みに叩きつけた。サングラスの奥はどこを向いているのかわからない。

「もちろんですよ。ちゃんと伝えます」それが伴走者の仕事だ。そのために内田との練習を続けてきたのだ。

「そうじゃねぇ。坂がないところでそう言うんだよ。周りに聞こえるように」

「どうしてですか」

「わかんねぇやつだな。そう聞いたら、俺たち盲人は坂があると思って気をつけるだろうが」内田が首を大きく振ると、金色の太いネックレスがギラリと光を反射した。

「でも伴走者がいるんですよ。嘘だってすぐにわかるじゃないですか」

「そうだ。坂があるという声が聞こえたのに、隣にいる伴走者は坂など無いと言う」

「ええ」淡島は首を傾《かし》げた。

「疑心暗鬼になるだろ」

ブラインドランナーは路面の情報を伴走者から受け取って走る。それが完全に信用できないとなれば、どうしても足が竦《すく》んでしまうだろう。

「それって嘘じゃないですか」

淡島の下腹にずんと鈍い痛みが走った。

「だから何だってんだ。そんな弱いメンタルで走るほうが悪いんだよ」

「でも」

「なんだなんだ、気の弱《よえ》ぇ奴だなぁ。そんな弱腰で俺と一緒に世界を目指す気なのかよ」

そうまでして勝ちたいのか。勝つことに対する内田の執念に淡島は内心舌を巻いた。この執念が俺には欠けているのだろう。

「俺は金メダルを獲るために走ってんだよ。遊びでチンタラやりてぇんだったら帰れよ」内田はそう言って鼻を鳴らした。

そんなこと言われても明日は大会じゃないか。この人は俺が帰らないとわかってこういうことを言う。

机の上にすっと伸びた内田の手が正確にペットボトルを掴んだ。何がどこにあるのか、見えていなくとも把握しているようだった。

掲示板の表示が刻々と変わっていく。五秒、四秒、三秒、二秒、一秒。

「行きますよ、行きますよ。先頭に出ますよ」スタートの直前、淡島は叫んだ。

「ほら！　ほら！　ゴー！　ゴー！」

電子音の号砲が響き渡り、一斉にランナーたちが走り始めた。二人の予想通り、周りの選手たちは先を急ぐように前へ出た。

海沿いにあるサッカースタジアムから首都を横断する幹線道路へと向かう五〇〇メートルの直線は、道幅も広いため集団の前方にいるとついスピードを出しがちになるが、ここで調子に乗って速いペースになってしまえば、確実にレース後半に影響する。コースによってはスタート時のスピードに乗ったほうが記録につながることもあるが、今回のコースは後半に山場がある。まだ誰も走ったことのないコースだけに、どちらの戦略をとるのかが運命の大きな分かれ道になるが、淡島は抑えることにしていた。自信はあった。あれだけしっかり下見をしたんだ。いかにスタートを冷静に走るかが間違いなくあとから響いてくるはずだ。

「大丈夫です。もっと抑えていい」

周りの動きに刺激された内田が、つい前に出ようとするのを淡島は制した。

「わかった」内田は一言だけ口にした。一度レースが始まれば、内田は最低限必要なこと以外ほとんど話をしなくなる。伴走者からの指示を受けて、路面の状況に集中して走ることだけに全てのエネルギーを使うためだ。内田の状態は、表情と体の動き、そして二人をつなぐロープから感じ取るしかない。

内田健二《けんじ》。二〇代半ばで突如《とつじょ》ヨーロッパのサッカー界に現れ、大手クラブチームと契約した異端児《いたんじ》だった。高校を中退してドイツに渡り、地元のユースチームでプレーをしていたが、それまで国内ではまったく知られていない存在だったため、海外からのニュースが流れると日本のマスメディアは大騒ぎになった。あまりサッカーに詳しくない淡島でもテレビで特集されていた内田のことは記憶に残っていた。

スター選手として頂点に駆け上がりつつあった内田がバイク事故による重いケガから辛《かろ》うじて生還できたのは、もともと持っていた体力だけではなく強運があったからだろう。だが、命と引き換えに内田は視力を失った。

「四年かかったんだ」内田の口調は淡々としていた。

「リハビリにですか」初めて内田に出会った日、淡島はそう聞いた。

総合運動場の控え室にあるベンチに内田は座っていた。大きなサングラスをかけているので表情までは読み取れない。二人とも全身にびっしょりと汗をかいていた。

「そうじゃねぇ。まともに生活ができるようになるまでに四年かかったんだよ」

もともとサッカー選手時代の内田は、ふてぶてしい態度と物言いで多くのサポーターの神経を逆《さか》なでするヒールだった。実力があるため試合から外されることはなかったが、勝つためには手段を選ばないプレースタイルは、メディアからのバッシングを受けることが多かった。

「どれだけ痛くても構わねぇ。どれだけ金がかかっても構わねぇ」

内田は医師にそう頼んだという。

体を虐《いじ》めることに躊躇《ちゅうちょ》しない内田は最新の医療とハードなリハビリによって目覚ましい回復を見せたが、二度目の手術を終えた後も視力だけは戻ることがなかった。

自分に起きた悲劇を神に呪《のろ》いたくても、神など信じてはいない。俺が神なのだとこれまで口にして憚《はばか》らなかった男だ。怒りの矛先《ほこさき》は自分自身に向かうしかなかった。

「俺にはもう何もできねぇ。できることなんて何もねぇんだよ」

内田は荒れた。触れるものを投げ壊し、周りにいる者を口汚く罵《ののし》った。自死を考えたことも一度や二度ではなかった。だが内田は死ななかった。

内田は光の無い世界で生き抜くことを選んだ。

先天性の視覚障害者とは異なり、事故や病気で後天的に視力を失った者にとって最初に越えなければならない壁が、視力に頼らず生活できるようになることだ。

「見えていたものが見えなくなるのは、恐怖だ」内田は口の端を歪《ゆが》めた。淡島は身じろぎもせず内田を見つめている。

事故のトラウマもあり、白杖をついてわずかな距離を歩くだけでも内田の足は竦んだ。

それでも内田は諦《あきら》めなかった。音と匂いで世界を把握し、記憶を頼りに生活をする。皮膚から伝わる僅《わず》かな感覚から想像し、指先で文字を読む。四年の歳月をかけて、内田は視覚を使わず暮らす術《すべ》を身につけていった。

内田は勘《かん》の良い男だった。先天性の視覚障害者には敵《かな》わないが、一流のアスリートのみが持つ類《たぐ》い稀《まれ》な感覚を備えていた。四年でここまで生活ができるようになるというのは、相当早いほうだろう。

そしてマラソンに出会った。

「それまでは人生が終わったと思っていた」内田はぽつりと言った。

淡島は黙ってその場に立っている。グラウンドからは子供たちの甲高《かんだか》い声が聞こえていた。

「ただの役立たずになっちまったってね」

そう言って内田は片方の足を膝《ひざ》の上に乗せ、足首を手でぐるぐると回し始めた。

視力を失うことがどれほどのことなのかと淡島は想像したが、やはり理解することは出来なかった。それでも、もう何も出来ないという気持ちはわかるような気がした。

「で、走ることにした」内田はそう言って肩をすくめた。

生活訓練の一環として参加した視覚障害陸上大会で、内田はいきなり好成績を収めた。

「先天性の連中は、子供の頃から激しい運動をあまりしねぇんだよ」

「外で遊ぶのは危険だからですね」

「そう。その点、俺には少なくとも基礎体力がある」

一度は世界のトップに立ったアスリートなのだ。その差は圧倒的だった。

「それでマラソンを」

「俺にもまだ勝てるものがあるとわかったんだ」

サッカー選手時代にも、最後まで勝利を諦めずに走り回る強い精神力が内田の強みだった。

「それでもサッカーとは違う」

いくら向いているといっても、すぐに勝てるほど世界は甘くない。内田は今年三八歳になるが、これまで怪我《けが》のために二度のチャンスを逃している。体力を考えれば次のパラリンピックが最後の挑戦だろう。

「運命など信じないが、もう一度世界に行けるチャンスがあるのなら、俺はこの運命を利用するつもりだ。今度こそマラソンで世界に行く。そのためになら何だってやる」

勝つためには手段を選ばない。それは内田にとって、生きるために手段を選ばないのと同じことなのだ。

「だからお前を呼んだんだ」

淡島は不思議に思った。元サッカー選手なのだからマラソンではなく短距離走のほうが世界を狙いやすいんじゃないのか。

淡島の問いに内田は黙り込んだ。控え室の入り口に置かれたウォータークーラーの低い振動が床を伝ってくる。遠くのほうで車のクラクションが響いた。

「一人で杖をついて歩くのは今でも怖い。でも長距離を走っていると、恐怖がふっと消える瞬間があるんだよ」

しばらくしてから内田は頭をそっと上げて、顔を淡島のほうへ向けた。

「走っている間だけ、俺は自由になれるような気がするんだ。好き嫌いじゃない。俺にはマラソンが必要なんだ」

先頭集団のランナーたちは、スタジアムからの直線が幹線道路にぶつかるところで一斉に左折した。まだこの辺りでは、最初だけ目立とうとする市民ランナーたちも先頭集団に多く混ざっている。レース慣れしていない選手は予測できない動きを見せることがあるので、後を追う淡島は、急に右から曲がってくる他の選手に内田が巻き込まれないよう気を遣う。

「まもなく左折」他の選手の動きを読みながら慎重に左折を指示した。「よし、今です」

急なカーブでは重心が大きく傾き、どうしてもスピードが落ちてしまうため、こうした場所では気が抜けない。

左折するときにウクライナのペトロフが先頭集団にいるのが目に入った。そのあと何人かを挟《はさ》んでエチオピアのマガルサの姿も見える。

幹線道路に入ったあとは、しばらく同じ風景が続く。片道三車線の広い道はアップダウンもほとんどなく走りやすいが、周辺に高い建物が少ないため、正面からの陽射しを直接受ける。早朝でも南国の陽射しは強く、皮膚をジリジリと痛めつけてくるが、沿道で旗を振る人々はまったく気にならないようで、帽子さえ被《かぶ》っていなかった。

まずはこの区間でしっかりと自分たちのペースをつくるのだ。淡島は左手のロープから内田の調子を感じ取った。腕は力強くしっかりと振れている。呼吸のリズムにも乱れはなかった。上り坂が得意な内田は、レース後半に待ち受ける長い坂道からスパートをかける作戦だ。

二人は淡々と二キロ地点を過ぎた。幹線道路はこの国にしては綺麗なものだったが、それでも道の両端には轍《わだち》が多く残されている。足をとられるわけにはいかない。

「轍が多い。もう少し右に寄りましょう」淡島は声をかけて進路を修正した。内田はぴったりと淡島の動きについてくる。二人は滑《すべ》るように道路の中央へ位置を移した。

健常者のマラソンは苦しさとの戦いだ。つらい局面を乗り越え、最後まで耐え抜く者が結果を手にする。だが、ブラインドランナーにはそれに恐怖との戦いが加わる。公道を走るマラソンには坂の上り下りもあれば、カーブもある。路面の状況にしても常に安定しているわけではない。細かな凹凸や轍、わずかな段差など、健常者にはさほど問題にならないこともブラインドランナーには大きな障害となるのだ。長距離を走り抜き、疲労の極限に達している足には小さな石一つが決定的な衝撃を与えることもある。伴走者は行く手を注意深く観察し、細かく路面の状況を選手に伝えるが、それでも避け切れる障害ばかりではなかった。

三キロ地点の手前で幹線道路は海に出る。

「海が見えた」

左側の建物が途切れて視界がパッと開けた。もう少し先に行けば海の香りがするはずだ。内田にも気配がわかるだろう。

海側からは弱い向かい風が斜《なな》めに吹いていた。海岸沿いに防風林はあるものの、風を受け続けていれば確実に体力は消耗する。ここでもできるだけペースを変えないことが鉄則だ。

淡島はすっと視線を上げた。目の前には長い鉄橋が見えている。あの橋を渡る手前が五キロ地点だ。淡島はちらと時計に目をやった。一八分四五秒。淡島の設定した通りのタイムだった。まだわずか五キロしか走っていないが、それでも淡島はホッとする。もっともここで不安になるようでは勝利など摑めるはずもない。

時計から視線を外して内田を見た。上体はしっかりと起き、足もよく上がっていた。接地時間は長く、正確に脚を繰り出せている。

スタート時にあれだけ飛ばしていた市民ランナーたちは、五キロを過ぎて半分近くが姿を消していた。

「もうすぐ橋です。途中で右からの風があるかも知れない」

橋では防風林が途切れるため、突風に気をつけなければならないことはわかっていた。

右側からの風に気づいたのは下見をしたときだ。

「街の方角からも風が来るのか」左手の海から吹く風しか予想していなかった淡島は驚いた。常に吹いているわけではないのでそれほど大きな問題にはならないが、予想外の風はペースを乱し、それがボディブロウのように体力を奪っていく。

「これで本番で驚かずにすむな」

不確定要素を取り除くためにもコースの下見は欠かせない作業なのだ。

「まもなく橋。緩《ゆる》い上り」

二人は歩調を完全に合わせて橋を渡っていく。すでに息の切れている市民ランナーを二人、軽々と抜き去った。橋の中央に差し掛かったところで右側から風が来た。前を行く選手の体がぐらりと大きく揺れる。あれは確かスペインの選手だ。おそらく風を予想していなかったのだろう。

よし。俺たちの息はぴったりだ。手の振りも足の運びも完全に一致している。あれからちょうど丸三年か。初めて内田に会った時のことが、淡島の頭を過《よ》ぎる。

「ちょっといいかな」市民マラソンのボランティアを終えたあと、運営委員の片瀬《かたせ》がそう声をかけてきた。

「軽くなら走れる?」

淡島は運営を手伝っていただけなので、ほとんど疲れてはいない。

「ええ、もちろん」

パイプ椅子を片づけながら、淡島はそう答えたものの眉根は寄っていた。走るというニュアンスは様々だ。大会が終わってから走るということは、迷子か到着していないランナーを捜《さが》すのだろうか。それなら車かバイクを使ったほうが早いだろう。

「じゃあ、それ運び終わったら控え室まで来てよ」片瀬は軽く手を振って奥へ去って行った。

淡島は総合運動場の客席下にある通路へ向かった。薄暗い通路には関係者の荷物がまだ残されていた。

「片瀬さん」声を掛けてから控え室の中をそっと見回した。汗の匂いが染みついた部屋の奥で、短い髪を金色に染めたチンピラ風の男が壁際のベンチに座り、大きなヘッドホンを耳に当てていた。

目の覚めるような蛍光ピンク色のジャージには銀色で大きな鷲《わし》の刺繍《ししゅう》が施《ほどこ》されている。

「おう。そこにいるのか」男はヘッドホンを外し、喉《のど》の奥だけを震わせたような声を出した。大きなサングラスをかけているので表情まではっきりとわからない。

「あの、片瀬さんは」淡島は恐る恐る口にした。

「どこに行ったのかは知らねぇし、別にあいつに用はねぇ」横柄《おうへい》な口の利《き》き方だった。

「でも俺は片瀬さんに呼ばれて来たものですから」

「お前淡島さんだろ。お前を呼んだのは俺だよ」男は野生動物のような軽やかさでベンチから素早く立ち上がった。淡島にはその男をどこかで見た覚えがあった。小柄だが全身の筋肉に無駄がない。どこで見たかは思い出せないが、おそらくランナーだろう。

「ごめん、ごめん。ちょっとバタついててね」首に黄色いタオルを巻いた片瀬が控え室に入ってきた。息が切れている。かつては大学の陸上部で監督をしていた片瀬だが、引退してからはこうして裏方に回っている。体にはすっかり肉がついてしまって、もう走ることは難しそうだった。

「ああ、ええっと、内田さんだ」片瀬は淡島に男を紹介した。「知ってるだろ。元サッカー選手の内田健二さん」

ああ、そうか。それで見覚えがあると思ったんだ。

「で、こちらが例の淡島祐一《ゆういち》君」

「あ、どうも」状況がよくわからないまま淡島は挨拶《あいさつ》をした。

内田は淡島の挨拶を無視して、何かを考え込むようにその場に黙って立っている。

沈黙に耐えられなくなって淡島は口を開いた。

「それ、派手なジャージですね」目にしたものをそのまま口にする。

「そうか。そりゃよかったな。派手なヤツを頼みはしたが、自分じゃわからねぇんだよ」内田はそう言って意地悪く口の端を持ち上げた。

「俺は目が見えねぇんだ」

え。淡島は虚《きょ》を突かれた。この人は視覚障害者なのか。俺はなんて失礼なことを。

「謝らなくていいぜ。どうせこの先も嫌《いや》というほどやらかすからさ」内田はそう言って、ブフッというやらしい笑い方をした。

この先ってどういうことだ。淡島の目が細くなった。

「お前は俺の伴走者をやるんだよ」

伴走者？

「そうなんだ」片瀬が慌《あわ》てて説明を始めた。「ブラインドマラソンの伴走者ってのは、横について走るだけの存在じゃないんだよ」

「ええ、見たことはあります」

最近では障害者の参加する市民大会も少なくはない。

「そうか。だったらわかるだろう。伴走者は選手の目の代わりだし、レース状況を伝えるコーチでもあるわけだ」

「ところが俺について来られる伴走者がいねぇ」内田は投げやりな口調で言った。

「内田さんは次のパラリンピックを目指しているんだよ。もちろん普段の練習なら誰にでも頼めるんだけどさ、本気の練習や本番のレースになると、その辺の市民ランナーじゃ遅すぎて話にならないんだ」片瀬が困ったような声を出す。「それで淡島君に頼めないかと思って」

「なんで俺なんですか」

俺にだって自分のレースがある。視覚障害者の趣味に付き合っている暇があるくらいなら、自分の練習をしたい。

「それなりに速い市民ランナーなんて、ちょっと探せばいくらでもいるでしょう」

淡島は首を捻《ひね》った。目の見えない者が本気でマラソンを走ろうとすることが淡島には理解できなかった。だいたいまともに走れるのだろうか。淡島は自分が目を閉じたまま走ることを想像した。たとえ誰かがついてくれたとしても、何も見えない状態でフルマラソンを最後まで走ろうとすれば、それほどスピードを出すわけにはいかないはずだ。周りの状況を確かめながらゆっくり走るしかない。いくらパラリンピックのレベルが高いとはいっても、それは視覚障害者の中での話で、何もわざわざ俺に頼むようなことじゃないだろう。

「とにかく淡島君、これも何かの縁だと思って、一度でいいから伴走してみないか」

片瀬がのんびりとした声を出した。


橋を渡りきって、緩やかなカーブを右に曲がっていく。ここでコースは海から外れ、六キロ地点からは郊外へ向かう自動車専用道路を走ることになる。急増する自動車に備えて数年前に建設されたこの自動車専用道路は、途中に緩やかなカーブが三回あるが、どれも半径の大きなもので、選手はほとんど直線を走っているのと同じ感覚でいい。コンクリートの低い壁は白く塗られていて目に眩《まぶ》しかった。その向こう側には美しい田園風景が広がっている。もちろんその景色をブラインドランナーは見ることができない。

自動車専用道路は一四キロ地点まで続いていた。足元も安定している上に見通しの良い直線が続くため、自然にスピードが出ることになる。この八キロの道程の途中、おそらくは一〇キロ地点を過ぎたあたりから集団が大きく分かれるだろうと淡島は予想していた。

後から追う作戦の内田が先頭集団にいる必要はないが、あまりにも差が開くようなら戦略を変えなければならない。そのためにもスタートから一〇キロまでをいかに同じペースで走るか。今はそのことだけに集中する。

遮《さえぎ》るものの一切ない自動車道を走る選手たちに、正面から陽射しが照りつけてきた。先頭を行くのはペトロフだった。相変わらず空に雲はない。淡島の体の奥に籠《こも》った熱が行き場を探して全身を巡った。それまで皮膚をねっとりと覆っていた冷たい汗がぴたりと止まり、いよいよ熱い汗が背中から噴き出してくるのを感じる。体の芯《しん》にあるエネルギーが燃え始めたのだ。とにかく暑い。パラリンピックは夏から秋にかけて行われるため、こうしたレースを走ることは調整としても間違ってはいない。それでも暑かった。淡島は体のバランスを保ったまま首をすっと回す。隣を走る内田はまだほとんど汗をかいていない。連日のハードな練習で、内田は筋肉や心肺機能だけでなく代謝まで鍛《きた》え上げていた。

内田の向こう側、左の前方に大きな教会が次第に見えてくる。あれが一〇キロ地点だ。いつの時代に建てられたものなのかはわからないが、薄緑色の壁面にはロココ調の細かな彫刻が施されている。

眩しい太陽の光が先を行く選手たちの姿をシルエットに変えた。

伴走に誘われた淡島は鼻からふっと息を吐き、自分の足元を見た。競技用のシューズではないが、それでもジョギングくらいならできそうだ。軽い練習代わりに目の見えない人と一緒に走るのもいいだろう。それほど足に負担もかからないはずだ。

「ええまあ、一度くらいなら」片瀬に向かって頷《うなず》いた。

「なあ、お前。盲人と一緒に走るなんて楽勝だと思ってんだろ」

図星だった。

「泣くなよ」内田がニヤリと笑った。

控え室に風が通って耳元がすっと涼しくなる。

「全盲クラスの世界記録は二時間三一分五九秒だ」

一瞬、淡島は耳を疑った。二時間三二分を切っているというのか。たとえ目が見えていたとしても並の市民ランナーでは出すことのできない記録だ。

「実際のレースでは複数の伴走者が交代することが多いんだけどね。そうしなければ対応できないほどブラインドランナーのスピードは上がっているんだ」片瀬は得意げな顔をして説明を始めた。

科学的なトレーニングが取り入れられるようになり、本気で世界の頂点を目指す視覚障害者が増えるに従って、ブラインドマラソンの記録は次々に塗り替えられるようになった。彼らが二時間三〇分を切るのは時間の問題だし、いずれは二時間一五分二五秒という、晴眼者《せいがんしゃ》の女子が持つ世界記録に達するだろうと言われている。

内田の自己ベストは二時間三四分三一秒。これは日本歴代二位の記録だった。この記録を出した時にも二人の伴走者が交代で走っている。

選手の体調を注意深く読み取り、他の選手の動きに合わせて作戦を修正する。刻々と変化する路面の状況を伝え、給水所では選手が確実に水を補給できるように補助をする。世界レベルの伴走者は、そういった仕事を全てこなしながら選手とともに四二・一九五キロを二時間三〇分台で走るのだ。

「内田さんの伴走者を務めるには、少なくともフルマラソンを二時間一〇分台で走る実力が要《い》るんだよ」片瀬はそう言って肩をすくめた。

それが伴走者なのか。

ぞわと腕に鳥肌が立った。もしかするとフルマラソンで入賞するより難しいことかも知れない。

「俺はな」内田はそんな淡島の心を見透《みす》かしたかのように静かな声を出した。「何が何でも勝ちてぇんだ」

淡島の背筋に何かが流れた。

もうすぐ一〇キロだ。教会が真横にくるタイミングで淡島は時計を見た。三七分二七秒。ほぼ予想通りだ。一キロあたり約三分四五秒のペースを保ち続けている。だが少しずつ集団のペースが上がりつつあるように淡島は感じていた。それはまだ時計には表れない微妙な変化だった。そろそろ集団が二つに分かれるころだ。

「ここは坂だな」

下見の際に、一二キロあたりから僅かな上り坂があることに気づいたのは内田だった。

「本当ですか。俺にはわかりませんでした」淡島は手にしたコース図を覗《のぞ》き込む。

「ああ、間違いない。きっと走ればわかるぜ」

普通に歩いていれば気づかないほどの緩い坂でも、ランナーの体力は僅かずつ奪われていく。体力のあるうちに差をつくるか、体力を温存するか。その日の天気やランナーの体調、他の選手たちの動きを見極《みきわ》めながら、戦略を修正していく必要がある。

気温がぐんぐんと上がっていた。このハイペースで登坂すれば潰《つぶ》れる選手も出てくるだろう。

「キロ三分五〇秒に」

「ああ」内田が頷いた。大幅なペースダウンだった。淡島自身は機械のように正確なタイムを刻むことを得意としているが、どうやら内田にもいつしかその力が身についているようだった。晴眼者とは違って、ブラインドランナーは周囲の景色が流れる様子から自分のペースを測ることはできない。自分の中に正確な時計を持つしかないのだ。

ペースを落としてしばらく走っていると、ゆっくりと集団が分かれ始めた。

第一集団の先頭に立っているのは淡島の知らない選手だった。その後一人をおいて、ウクライナのペトロフとノルウェーのクリスチャンセンが三位と四位につけている。

「俺たちは第二集団にいます。このままのペースを保ちますよ」

今走っている自動車専用道路は一四キロ地点で終わり、その後は市街へ戻る国道へ移る。短い距離の中に急な高低差があるため、そこで選手は相当体力を奪われるはずだ。

あえてさらにペースを落とした内田は少しずつ後退して、一四キロ地点では第二集団の三番手を走っていた。第二集団の選手は五人。伴走者を合わせると一〇人が塊《かたまり》になって走っている。健常者のマラソンと違い、伴走者のぶんだけ横幅が必要になるブラインドマラソンでは何組もが併走することはない。たとえ横に並ぶことがあってもせいぜい二組だ。今、内田の前にいるのはマガルサとホアキン。二人とも淡々と同じリズムを刻んでいる。どちらのチームもギリギリで勝負を仕掛けるつもりだろう。

内田たちのすぐ後についているケニア勢も機会を窺《うかが》っているはずだった。

レース前には最大のライバルだと考えていたオランダのティンメルマンスは、内田の作戦でスタート前に受けた精神的なダメージから回復できなかったようで、最初から大きく出遅れていた。

「展開が読めないのはオランダ勢です」

作戦室として使っているこの部屋は、ドア一枚を挟んで内田の泊まる豪華なスイート・ルームにつながっている。淡島は、一〇名近いスタッフが揃うのを待ってから壁に貼られた地図の前に立ち、戦略の説明を始めた。地図にはコースが丁寧に書き込まれている。

折り返しがなく複雑な道筋を辿《たど》るこの大会のコースは、あまりよいものだとは言えなかった。六キロまでは海岸沿いの幹線道路、その先一四キロまでは自動車道を走る。道も広く走りやすい。

「おそらくここでスピードが乗るでしょう。でも俺たちは後半に備えて抑えていきます」

「ん」淡島の説明に唸《うな》り声で同意した内田は、ベッドに伏せたままトレーナーのマッサージを受けていた。

最初の難関は一九キロから始まる市街地だ。細かなカーブと高低差の連続は疲労を溜《た》めやすい上に、二七キロからの旧市街地は石畳だった。よくもこんなコースが認められたものだ。淡島はこの旧市街地でほとんどの選手がペースを急激に落とすだろうと予測していた。

「市街地に入るまでは松浦君に任せるよ。ここの給水所で俺と交代だ」淡島は地図を指で押さえた。二〇キロから最後までを俺が走る。それなら左足も保つはずだ。

「はい」松浦が元気よく声を出す。

「とにかく俺に代わるまではダメージを最小にする走り方とコース取りを意識してくれよ。勝負をかけるのは俺と代わってからだ」淡島は松浦に言い聞かせるように言った。

選手の疲労を抑えることもまた伴走者の仕事なのだ。

問題はそのあとにもあった。三四キロ付近からは長い長い上り坂が待っている。この坂に突入する時点である程度の力が残っていなければ、優勝することはできない。状況を見極め、坂で一気に勝負をかける。内田なら充分に可能だろう。

「ところがオランダのティンメルマンスがいます」淡島は懸念を口にした。

登坂に自信を持っているティンメルマンスは、内田と同じように後半の上り坂から勝負をかけてくる可能性が高かった。この坂からのスパートで淡島は地元選手のホアキンとの一騎打ちを狙っている。残り僅かなエネルギーで走り切ろうというときに、ホアキン以外にもマークしなければならない選手が残っているとすれば、面倒なことになる。

「じゃあ、そっちは早めに潰しておこう」

内田が気軽に言った。口元にニヤニヤとした笑みが浮かんでいる。どうやらまた卑怯な作戦を考えついたらしい。

「どうやって？」松浦が不思議そうな顔になる横で、淡島は平然としていた。勝つためなら何でもする内田のやり方には、もうずいぶん慣れた。こういうとき、いつも内田は相手選手に精神的な圧力をかけようとする。

「大会委員にチクるんだよ」

「何をですか」

「そんなのは何だっていいんだよ。シューズがおかしいとか、ロープが長いとか。とにかく大会の規定に違反しているって言やぁいいのさ。地元選手じゃなければ厳しくチェックされるだろう」

「でもそれって嘘じゃないですか」松浦が目を丸くした。

「だからお前らが嘘にならないものを探すんだよ。違反か違反じゃないか、微妙なやつをさ」

「そんなの無理ですよ」

「だったらウェアですね」淡島は独り頷いた。「スポンサーロゴが大き過ぎると指摘すればいい」

「おっ。それいいアイディアじゃねぇか」軽い口調でそう言った内田はベッドから起き上がり、ペットボトルの水を口に含んだ。

指摘があれば大会委員はロゴの大きさを測ろうとするだろう。動揺した選手はリラックスできなくなる。マラソンは平常心を保ち続けることが重要だ。余計なことを考えてしまえば、フォームさえ崩《くず》れかねない。

「よし。一五分前にチクれ」

「だけど、それじゃこっちも準備してる時間ですよ。もっと早めに言ったほうがよくないですか」松浦が聞いた。

「お前バカか。あまりにも早いと気持ちを立て直す時間ができちまうだろ。こういうのはレースの直前がいいんだよ」

内田が嬉しそうに手を振ると手首のブレスレットがじゃらじゃらと音を立てた。

一四キロ地点を過ぎても先頭集団のペースは変わらなかったが淡島は気にしなかっ

た。先頭集団にいるペトロフやクリスチャンセンが逃げ切ることはないだろう。あんなペースで最後まで走れるはずがない。まちがいなくどこかで彼らは潰れる。淡島はそう判断した。問題は第二集団だ。今すぐ前を走る選手たちこそが、優勝争いの相手なのだ。ホアキンとマガルサ。二人とも長い足をいっぱいに使ってストライドを稼いでいく。この二人にどこで仕掛けるか。

まもなく一五キロ。円形交差点を利用して設けられた給水所は道の左側にあった。これだけ気温が高い中でのレースに水分補給は欠かせなかった。まだレースは中盤だ。ホアキンたちとの差が開こうとも、ここは確実に水分を補給しておきたい。

「このまま真っ直ぐ。俺は左に移ります」

二人をつなぐロープを持ったまま、淡島は内田の真後ろに下がった。伴走者は常にロープで選手につながっていなければならない。内田が背中側で素早くロープを左手に持ち替えるのを確認してから、淡島は右手でロープを掴み直し、そのまま内田の左側へ回り込んだ。どれほどの信頼関係があろうとも、この僅かな瞬間、選手だけではなく伴走者の中にも恐怖が芽生える。一度生まれた恐怖は毒素のように全身を駆け巡り、冷たい汗とともに流し出されるまではしばらく消えない。

そのタイミングを見計らったかのように、ケニア勢の二人がペースを上げて内田に並ぶが、淡島は気にも留めなかった。俺たちの勝負は後半だ。

給水所のテーブルに置かれた水の容器を目にして、淡島は自分のミスに気がついた。本来ならば特別に調合されたスペシャルドリンクが置かれているのだが、それを用意するはずだった松浦は昨夜から腸炎で寝込んでいる。ドリンクをどう用意するかまでは頭が回っていなかった。

しかたなく普通の水が入った容器を手に取り、まずは淡島自身が飲む。

もともとレースの前半は松浦が伴走する予定だった。だが、今その松浦はいない。


「淡島さん、俺、腹が」

松浦がそう言い出したのは昨日の深夜だ。同行している医師の診察によれば腸炎ということだった。調理スタッフの顔から色が消えた。翌日のレースに備えて、内田たちは夕食にプレーンのパスタしか摂《と》っていなかった。異国での大会でもっとも気をつけなければならないのが、食事と水だ。そのためにわざわざ調理スタッフが専用のメニューを用意しているのだ。淡島は恐れた。同じものを食べた松浦に異変が起きたということは、内田や自分にも何かあるかも知れない。

「お前、何を食ったんだ」不安の表情を浮かべる淡島をよそに、内田はベッドに横たわる松浦に向かって聞いた。「わかってんだよ」

「すみません、俺、我慢できなくて」

松浦は日本から持ち込んだカップ麺《めん》を食べたことを涙ながらに白状した。

「このバカが。貧乏人の食い物なんか食うからだ」内田は言葉を吐き捨ててから頰の内側を嚙《か》んだ。顔が歪む。

内田は代表選手として派遣されてきたわけではない。あくまでも個人の資格でこの南国のレースに参加しているのだ。スタッフがどれほど多くとも、伴走者は淡島と松浦の二人だけで、それ以上の交代要員はいない。

「どうする」内田は腕を組んだ。明らかに淡島に尋ねている。

「俺が一人で伴走するしかないでしょう」

「行けるのか」

不安はあった。

三ヵ月前から違和感を覚えている左足首は、実業団時代に疲労骨折をして以来、今でも丁寧にメンテナンスをしてやらなければすぐに固くなってしまう部位だった。このコンディションでフルを走り切れるだろうか。今からでも誰か伴走のできる者をもう一人手配したほうがよくはないか。淡島はそっと手を見た。やれるか。いや、優勝を狙うのであれば、俺がやるしかない。

「大丈夫です」そう言い切った。

「ホアキンの伴走をやっているエンリケスなら、金を積めば伴走してくれるんじゃねぇかな」内田はどこか楽しそうだった。

「何をバカなこと言ってるんですか。あの二人は交代なしでフルを走るんですよ。エンリケスがいなければ、ホアキンが走れなくなりますよ」

「どはははは。だったらなおさら好都合じゃねぇか。よし、引き抜こうぜ」

ブラインドランナーと伴走者は一心同体だ。細かな部分まで互いの動きを熟知していなければ、力を最大限に発揮することはできない。いくらトップレベルの選手だからといって、そう簡単に伴走者が務まるわけではないのだ。内田だってそのことはよくわかっているはずだ。

「だってお前、不安なんだろ」

ふいにそう言われて淡島は言葉に詰まった。

「お前が不安ってことは、俺も不安ってことだ」

そうなんだ。淡島は顔を上げた。俺は伴走者だ。内田が恐怖を感じずに走れるようにするのが俺の役目じゃないか。俺が不安がっていちゃいけない。大丈夫だ。走れる。いや、何があっても走ってみせる。

「すみません。普通の水です」

淡島は左手に容器を持ち体をひねるようにして走った。体の前に伸ばされた内田の右手に容器をしっかりと手渡す。内田が確実に持ったことを確認してから淡島は容器から手を離し、時計を見た。

一五キロのタイムは五六分三六秒。ほとんど計算通りだった。予定よりは数秒遅いが誤差の範囲だ。さすがにこのペースで最後まで行くことは無理だが、行けるところまでは行きたかった。

体に水が入って淡島の体内に籠っていた熱が下がった。一気に汗が噴き出してくる。この先二〇キロまで国道は住宅地を抜けていく。道の両側には低い屋根の家が迫り、ところどころには整備されていない路面もある。沿道の観客が急に飛び出してくる可能性もあった。これまでの広く走りやすかった自動車専用道路とは違い、淡島は伴走者として緊張を強《し》いられることになる。

淡島は前方を見た。道が大きく曲がっている。

「この先、左にカーブ」淡島は指示を出す。「あと五〇メートル」

「ここからカーブ。道路の中央が凹《へこ》んでいるので、左側に寄って」

「まもなく緩い下り坂」淡島は次々に声を出した。

二人の間では、まもなくと言えば一〇メートルという約束ができている。できるだけ簡潔に伝えるにはこうした細かな取り決めが必要で、だからこそ伴走者の交代は簡単にはいかないのだ。

「ここで下り坂」

「スピード出しすぎないで」

「坂の途中で左にカーブ」

「まもなく左カーブ、一一時の方向」

内田が顎《あご》を引いた。淡島はそれとなく内田のフォームをチェックする。坂の下りを意識しているせいか、歩幅は僅かに小さくなっているが、接地時間はそれほど変わっていなかった。同じペースを保ちながら二人は坂を下っていく。

「まもなく坂は終わり」

「ここで終わりです」

今でこそこうした指示が何よりも大切だと淡島も知っているが、初めて伴走したときには、これほど細かな指示が必要だとは思ってもいなかった。

「伴走したことはあんのか」内田は唐突に聞いた。派手なジャージを脱ぎもせず、リラックスした態度で総合運動場のトラックに立っていた。

「いえ」淡島は首を振った。

「とにかくやってもらおうか。ま、すぐにできるとは思えねぇけどな」

バカにするような内田の口調に、淡島はムッとした。記録でいえば俺のほうがずっと上じゃないか。

内田が淡島のほうへすっと手を伸ばした。指先が肩に触れる。内田はそのまま手を動かし、淡島の腕から背中、腰、足へと何かを確かめるように触れていく。

「お前、三四だっけ」

「そうですけど」

「ま、いいんじゃねぇか」

何がいいんだかまるでわからない。淡島が戸惑っていると、内田はいきなり両手で淡島の顔を挟んだ。

「いいか。髭《ひげ》は毎日きちんと剃《そ》れ」

「はい？」

「俺の伴走者になるなら、見た目もかっこよくねぇとダメだ。ま、俺には見えねぇんだけどよ。だははは」内田は大声で笑ったが、あまりにも不謹慎《ふきんしん》な冗談に淡島は顔を強張《こわば》らせていた。

「さあ淡島君、これを」片瀬から長さ五〇センチ足らずの太い紐《ひも》を渡された。紐は輪になっている。

「きずなって呼ぶやつもいるが、俺は単にロープと言っている。二人をつなぐ綱だから、きずなってことらしいがな」内田は吐き出すように言った。「ダセぇよ」

「これ、どう持てばいいんですか」

「軽く握ればいい」

ざらついた手触りは、小学生のころに使っていた縄跳びの縄のようだった。これなら滑りそうもない。それでも、こんなロープを持ったまま四〇キロを走れるものなのか。手が痺《しび》れないのだろうか。淡島は輪の中に手首を入れた。こうすればうっかり手から離れる心配も無いだろう。

「ダメだ。ロープはちゃんと握れ」

「握らないとダメですか」どうして俺がロープを握っていないとわかったんだ。

「わかるんだよ。そのロープから伝わる感触で、俺はお前の考えを読み取るんだ。お前も俺の調子をロープから読み取れ」

淡島は口を曲げた。面倒な男に捕まってしまった。さっさと終わらせて帰ろう。伴走者など引き受ける気はないんだ。

淡島はロープの中央を握った。

「もっと端の方を握れよ。まあ、それは俺の好みなんだけどさ」

ブラインドマラソンに使われるロープの長さは選手によってそれぞれ好みが違うらしい。

「短く持つのは周りに何か危険があるときだけでいい」

そうやって注意を促《うなが》すのか。

「ロープを使うだけじゃなくてね、肘を摑んだり、背中に触れたり、いろいろな方法でコミュニケーションをとるんだ」そう言って片瀬が淡島の肘を持った。なるほど。確かにこうすれば声をかけなくとも危険があると伝えられる。

「さあ、説明は以上だ。早く俺の横に立て」内田はもう待ちきれないといった口調になった。

「よし、行くぞ。ワン、トゥー」

内田のかけ声に合わせて走り始めた瞬間に罵声《ばせい》が飛んだ。

「俺より前に出るんじゃねぇよ、バカ」

「すみません」あまりの勢いに淡島の声が掠《かす》れる。

「お前の走りに俺が合わせるんじゃない。俺の走りにお前が合わせるんだ」

淡島は内田の真横から、ほんの少しだけ後ろ側に位置を下げた。

「何やってんだよ。ロープを持った手は振れ。犬の散歩じゃねぇんだ。俺の腕の動きに合わせて振るんだよ。でなきゃ俺が走りづらいだろうが、間抜け」

腕の振りが選手と一致していなければ、ロープを引っ張ってしまうことになる。淡島はロープを引っ張らないように必死で腕を振った。

何度か走るうちに、淡島は気づいた。腕の振りを合わせるには、足を合わせればいい。まったく同じ歩調で走れば腕を合わせることはそれほど難しくない。それにしても。

「こんなに速いのか」

舐《な》めていた。記録を聞けば確かにその通りなのだが、これはまちがいなくトップクラスの速さだ。

「何を驚いてんだ」

「すみません、もっとゆっくり走るのかと」

試しに合わせてみるだけじゃなかったのか。

「だったら練習にならねぇだろ、本当にバカだな」

そうではなかった。やはり俺は舐めていた。本気で走ってもたいした速さではないだろうと高を括《くく》っていたのだ。確かにこの速さで走るとなれば、ロープを引っ張るわけにはいかなかった。予想外のタイミングでロープを引っ張ってしまうと選手が転倒しかねない。

二人はペースを一定に保ちながらトラックを淡々と走って行く。一歩ずつ刻む歩調を合わせれば、腕の振りは自然に合うようになった。

それでも淡島は戸惑っていた。自分のベストなフォームで腕を振ることはできないのだ。

「俺が腕を振りやすいようにしろ。お前が振りやすくても意味がねぇ」

両脇をコンパクトに締めて腕をやや内側に振るのが淡島のフォームだが、ロープを持つ側の手はランナーの前へ突き出すようにしなければランナーのフォームを崩してしまうことになる。空いているほうの腕は内側へ、ロープを持っているほうの腕は外側へ。全身を斜めに傾けたような体勢になる。これは辛い。伴走者はずっとこんなフォームで走らなければならないのか。

「わりと上手いじゃねぇか」

「そうですか」ようやく褒《ほ》められた。

「ああ、ちゃんと練習すればまともな伴走者になれるかも知れないな」

バカにするな。俺は伴走者がやりたいわけじゃないんだ。

「まあ、今日はこんなところでいいだろう」

内田はククと笑った。

トラックを数周走ってからクールダウンを終えた二人は総合運動場の控え室に戻った。淡島は内田に肩を触らせて、ゆっくりと行き先を案内する。

控え室の奥にあるベンチにどかと腰を下ろした内田は何も言わずにストレッチを始めた。淡島も同じように体を伸ばす。淡島は自分の体が半分だけ筋肉痛になっていることに気づいた。普段のフォームとは違って片腕だけを横に突き出すようにして走ったからだろう。ほんの数キロ走っただけで、こんなことになるとは。

「四年かかったんだ」黙ってストレッチをしていた内田は、ふいに動かしていた体を止めてそう言った。

一九キロの手前で、内田のいる第二集団は前後に長く延び、三〇メートルほどに広がっていた。機械のように一定のペースを刻み続けている内田は順位を落として最後尾にいたが、まだ焦《あせ》る必要はなかった。これくらいの差なら充分に取り戻せる。三〇キロを超えればどれほどタフなランナーであっても体内のエネルギーは枯渇《こかつ》し、自分との戦いが始まる。限界を超えた先にある苦しみとの長い根比べが待っているのだ。これまでどのレースでも内田はその時点で余力を残していた。ペース配分さえ間違わなければ、確実に走り切ることができるはずだ。エネルギー効率の良さは天性のものだろう。サッカー選手時代、内田は誰よりも運動量を誇《ほこ》っていた。

ふと気づくと、前を行くケニア勢、チェロメイとカイエルがペースを上げようとしていた。二人は引き締まった黒い足をリズミカルに繰り出し、第二集団の先頭を走るホアキンとマガルサを捉《とら》えて、じわじわと抜け出していく。

「離されているのか」内田が尋ねた。遠ざかっていく音が気になったらしい。

「大丈夫。俺たちはこのペースをキープします」

「わかった」内田が淡島の判断に疑いを差し挟むことはない。

「ランナーと伴走者は馬と騎手のような関係だと言うやつもいるが、俺は馬じゃない」控え室のベンチから立ち上がった内田は、淡島に顔を向けてきっぱりとした声を出した。

片瀬は黙って二人を見ている。

「どちらかといえば俺はレーシングカーだ。能力のないパイロットには俺を乗りこなすことができねぇ」

競走馬とレーシングカーがどう違うのか淡島にはよくわからなかったが、本人がそう言うのだからきっとそうなのだろう。

「それで俺にパイロットになれと」

「いくら欲しい」内田は単刀直入に言った。「俺はお前を雇いたい。世界でメダルを獲るためには、お前の冷静なレースの組み立てが必要なんだ」

世界でメダルを獲る。突然降ってきた大きな話に淡島は戸惑った。パラリンピックに出たいというだけでも無謀なのに、この人はさらにメダルまで獲る気でいるのか。

世界で戦っているランナーたちは、ただ速いだけではない。彼らには淡島が決して持つことのできない何かが備わっているのだ。自分もあんなふうになれるかも知れないと夢を見ていられたのは、せいぜい学生時代までだ。現実は違う。

そんな場所で勝負をしても勝ち目などないし、それは淡島の目指す勝利ではない。

「本気でメダルだなんて言ってるんですか」

「ああ。俺は金メダルが欲しい」

「バカバカしい」

「もちろん難しいことはわかっている。でも不可能じゃねぇだろう」

「不可能ですよ。マラソンには階級がないんです」淡島は静かに言った。

柔道やボクシングなどは同じ体格の選手同士が階級を揃えて戦う。体格の差がそのまま勝敗につながることの多い競技だからだ。だが、陸上にはそうした階級による区分けはない。二時間台前半で走るトップ選手と、五時間、六時間かけてなんとかゴールするアマチュアたちが同じコースを同時に走る大会も少なくない。

「F1と自転車が同じレースに出るんです」淡島は内田を真似てレーシングカーに例えてみせた。

マラソンは資質も能力も目標もまるで異なる選手が同じコース上に同時に存在する競技だ。それは過酷で熾烈《しれつ》な戦いというだけでなく、それぞれの力量をはっきりと見せつけられる残酷な舞台でもある。

「そんなことはわかってるさ」

「彼らとは最初から勝負になりませんし、そんな勝負は意味がありません」

「お前はどうしてそう思うんだ」

「世界レベルってのは別次元の場所なんですよ」

最後には運が左右する勝負の世界とはいえ、そこには運だけでは埋めることのできない実力の差というものが歴然とある。

内田はしばらく口を尖《とが》らせた後、静かにニヤリと笑みを浮かべた。どこか凄《すご》みを感じさせる笑い方だった。

「俺は一度世界を見ているんだぜ。そのころはまだ視力があったから、文字通りこの目で見てきたんだ」そう言ってからグヘヘッという下品な笑い声を出した。

確かにサッカーで世界に行ったのかもしれないが、瞬間的なひらめきとアイディアからスーパープレーが生み出されるサッカーと、いかに機械のように緻密で正確な時を刻み続けることができるかを問われるマラソンでは、そもそも必要な能力が違っているのだ。いくらサッカーで世界に立ったとしても、そうそう簡単にマラソンで勝てるわけがない。

「お前バカだな。どのレースでも必ず誰かが金メダルを獲るんだぜ。だったら俺にもチャンスはあるはずだろ」

この人はなぜこんなにポジティブなんだ。淡島は内心の驚きを隠せなかった。

「俺は運が強いからな」

淡島はそっと首を振った。運に身を任せることができるのは、同じ土俵に立った者だけだ。どれほど強い運を持っていても、土俵の外にいる者には初めから届かない世界なのだ。

「なあ、いいか。俺には時間がねぇんだよ。さすがに歳だけには勝てねぇからな」そう言って内田は頭を下げた。

「淡島君、どうだろうか」片瀬が優しげな笑みを浮かべて頷く。「伴走者を引き受けてくれないかな」

「でも俺にだって自分のレースがあります」

「せいぜい国内でちょっとした記録を残す程度だろ。それだって数年もすれば破られちまう。お前が世界に行くことはないってことくらい、自分でもわかってるだろう」

内田の言葉に淡島の奥歯が音を立てた。これほどはっきり言われたことはない。

「でも、俺は世界の頂点に立てる。お前が俺を世界に連れて行くんだ。俺のパイロットとして」

「淡島君は緻密なレース運びができるし、速さもそれなりにある。今の内田さんに欠けているのは、そういうパートナーなんだよ。君がいればきっと世界に行ける」片瀬も頭を下げた。

聞こえは良いが、踏み台になれということじゃないか。淡島の鼻に皺《しわ》が寄った。俺だってもう選手としてのピークは過ぎつつあるのだ。記録からはどんどん遠ざかって行くだろう。だからこそ伴走者などやっている暇はない。

「待ってください」淡島は口調を荒らげた。

世界レベルは難しくとも、俺だってまだ充分に戦えるはずだ。せめてこれまで自分が走ってきた証くらいはどこかに刻みたい。

「無理だよ」内田が言った。「お前は勝てない」

そう。速いが勝てないというのが淡島の評価なのだ。


冷えた空気の中でゆっくり走り始めると、全身の毛にチリチリとした刺激を感じた。スピードが上がるにつれて刺激は体の中心から湧《わ》き上がってくる熱によってどこか遠くへと追いやられる。動きの鈍くなっていた筋肉は、それでもすぐに反応を始め、ちょうどグリスを塗ったピストンがシリンダーの中を滑らかに動くように、筋肉は血液の供給を受けながら骨と筋を携《たずさ》えて、しっかりと躍動を始めた。

「お前が俺を世界に連れて行くんだ」

淡島の頭の中では、昨日の内田の声が繰り返し響いていた。

全身の毛穴から、ねっとりとした汗が染み出してくる。ようやく体が目醒《めざ》めてきたようだ。一度汗が出きってしまえばしばらくは汗に悩まされることはないのだが、それまでは全身にまとわりつく妙な湿度が少しずつ体力を奪っていく。汗が冷えれば腰のあたりから体温が吸い取られた。動き続けている間は全く意識することはないのだが、僅かでも気になり始めると、一気に体温が変化していくのが自分でもよくわかる。体は脳に直結しているのだ。頭で考えたことがそのまま体の変化となって現れる。

透明な空気が遥か遠くを走り去るオートバイらしき音を伝えてくるが、それ以外にはほとんど何も聞こえない。

カッ、カッ。

唯一、規則正しいリズムを刻む足音だけが、誰もいない早朝のトラックに響き渡っていた。

腕時計にちらと目をやって淡島はペースを確認し、上体を起こした。さらにペースを上げ、一気にラストスパートに入っていく。インターバルトレーニングの仕上げは、ここからのトップスピードだ。

ゴールの目印にしているラインを抜けたあと、淡島はペースを落としてゆっくりとトラックの中でクールダウンを続けながら、もう一度時計に目をやった。指先で操作して心拍数を表示させる。

タイムも心拍数も予定通りだった。完全にコントロールできている。

「俺はレースを他の連中とは違った方法で楽しんでいる」

誰に言うともなくそっと口に出した。

淡島は勝つことよりも、狙い通りの結果を出すことにこだわっている。狙ったタイムを狙い通りに出すこと。機械のように精密に走ること。それが淡島の目指す理想のレースだった。明らかに実力の違う選手を抜きに行くようなことはせず、同じレベルの選手を確実に潰す。その積み重ねが結果的には淡島に記録をもたらしていた。勝つことよりも、自分の肉体を完全にコントロールすること。その過程そのものが淡島にとってはレースであり、計画通りの結果を出すことこそが楽しみなのだった。

「最初から強い者は楽しめない」

それはロールプレイングゲームに似ているかもしれない。様々なパラメーターを少しずつ上げ、それまで倒すことのできなかった敵を倒す喜び。

それでも最近は「飽《あ》きた」と思うことが増えていた。自分のいるランクではほぼ完全に狙い通りのレースができるようになっている。心拍数に至るまでほとんど予定通りだ。そこまで完璧に計算が成り立てば、走っても走らなくても同じことになってしまう。走る前から自分のタイムどころか、順位さえもわかってしまうのだ。コントロールできないものを少しずつ馴《な》らし、やがて自由自在に操るあの快感が薄れていた。だからといって、世界ランクとは力の差がありすぎることも充分にわかっていた。オリンピックを目指すような若手とは、はなから勝負にならない。

淡島はゆっくりと腰を下ろし、尻を地面につけて両足を開いた。両方のつま先をそれぞれの手で摑み、膝裏と股関節の腱《けん》をゆっくりと伸ばす。

「メダルか」淡島はぼんやりとトラックの向こう側を眺めた。

東の空が白く広がりつつあった。薄赤色をした飛行機雲が細長い筋になってまっすぐ横へ伸びている。

「お前が俺を世界に連れて行くんだ。俺のパイロットとして」

大きな溜息を吐いた。あの男と俺はまるで正反対だ。

「どのレースでも必ず誰かが金メダルを獲るんだぜ」

あの男は諦めを知らない。淡島はストレッチを終えて立ち上がった。

天才たちはいつも遥か後ろからやってきて、あっというまに俺たちを抜き去っていく。凡人には及ばない世界。どうやっても決して手の届かない世界。夢を見ていた学生時代とは違う。俺はあそこに立つことはできないとわかっている。だから俺は過程ばかりにこだわって、勝負という結果から逃げることにしたのだ。


「ごちそうさま」

朝食を終えた淡島は、空いた皿を台所へ運んだ。

「どうしたの」まだ食事中の妻が不思議そうな顔で聞く。

「何が？」

「ぼんやりしてるから」

「なんでもないよ。ちょっと考えごとをしてたんだ」

ダイニングに戻ってネクタイを締め、椅子にかけていた上着に腕を通した。カジュアルな服装の許されている職場なのだが、淡島は必ずスーツを着て行く。何事もきっちりしていないと気が済まないのだ。

テーブルの上に置かれた携帯電話を取り上げたところで、淡島の動きが止まった。テーブルの向こうでは妻がゆっくりと紅茶を飲んでいる。淡島は手の中にある携帯をじっと見つめてから、ちらりと腕時計に視線をやった。立ったまま、ふうと大きな息を吐いてから携帯のボタンを押す。

「おう」

雑な応答に淡島は意表を突かれた。もしもしとも言わないのか。

「あの、淡島です。昨日の」

「わかってる」内田の態度は電話でも相変わらずだ。

淡島は黙り込んだ。俺はなぜ電話をかけたんだろう。何を話すつもりだったんだろう。自分でもわからなかった。

しばらく沈黙が続いた。

「なあ、俺の走りを見てどう思った」

先に声を出したのは内田のほうだった。

淡島は昨日の内田のフォームを思い浮かべた。速さでは並の晴眼者の選手を凌駕《りょうが》しているものの、上体の使い方や接地のタイミングにはまだまだ改善するべき点がある。

「そうですね。いくつか気になったところがありました」

もしかすると、これは新しいロールプレイングゲームなのかも知れない。うまく制御できないものを少しずつコントロールしていく喜び。もしも内田を完璧なブラインドランナーにするのならば、上げるべきパラメーターはまだかなりありそうだった。

まずは内田の走行データを採らなければ。データの収集と分析。それが全ての出発点になる。夢中になって話し始めた淡島を内田が遮った。

「だから、お前を雇うんだよ」電話の向こうで内田は嬉しそうに言った。


二〇キロ地点を過ぎると、国道は市街地の中心へ向かって大きく曲がり、右手の奥には再び海が見えた。ここでタイムは一時間一六分二秒。このまま行けそうだ。時計を見た淡島は思わず笑みを浮かべそうになったが、ぐっと気を引き締めた。いよいよこのコースの難所が始まるのだ。ここまでは問題のなかった淡島自身の左足首も、この先どこまで保つかはわからない。

耳に届く内田の足音が変わったことに淡島は気づいた。全身の筋肉を上手く使って足へのダメージをうまく吸収しているせいで、内田はあまり大きな足音を立てずに走る。きちんと接地時間は確保しているのだが、そのリズムが狂っている。

「ちょっと離れます。そのまま直進で」

淡島はわずかに速度を落とし、内田の背後へ回った。体の中心がほんの少しだが左側に傾いているような気がする。

「左につきます」

内田が背中側でロープを左手に持ち替えるのを待ち、タイミングを見計らって右手でロープを摑み直す。

一本のロープで選手と伴走者はつながっている。同じ側でずっとロープを持ち続けていると体の片側だけに負担がかかるため、ときどきこうやって左右の位置を入れ替える必要があることを、淡島はこれまでのレースを通じて学んでいた。

道の両側に隙間《すきま》なく建ち並ぶ石造りの家々はどっしりとした構えで、海から吹く風からランナーたちを守ってくれる。だがその代わりにムッとする熱気が体にまとわりついた。淡島はまるで熱い空気の塊をかき分けて進んでいくような錯覚に襲われた。

路面の状況も一気に悪くなる。

淡島は路面の様子を注意深く観察した。

視覚障害者にとっては、小さな段差や僅かな道の起伏も危険な障害物だった。こうした道で伴走者が気を抜けば、選手がケガをすることになる。

「この先の道に小さな凹凸」まっすぐ先に視線を向けたまま淡島は告げた。内田にとってこの凹凸は凶器となる。内田は顔の向きを変えることなく「ああ」と答える。

転倒は何よりも避けなければならないことの一つだった。目の見えない者は転倒しても地面との距離が正確にはわからず、とっさに手で防ぐことが難しい。

「あ」一瞬、内田の足がリズムを乱した。道路の窪《くぼ》みに足を取られたようだった。そのまま二、三歩ほど足を引きずるような走り方をしたが、すぐに内田のリズムは元に戻った。

「大丈夫ですか」

「ああ」一言だけ答える。

捻っていなければ良いのだが。淡島は内田の足におかしなところがないかと視線を向けた。

「痛《いて》ぇ」内田が声を出して足を止めた。顔を手で覆っている。

「あ」頭の上から下がっている木の枝がぶつかったのだ。気づかなかった。やはり一日の仕事を終えてからの練習は集中力が欠けてしまう。

深夜の練習はどうしても視界が悪くなりがちで、淡島も全てを見通すことができなかった。

「足元ばかり見てるからだ」内田の声が冷たい。

「すみません」一年近く伴走をしているうちに、初めのころにあったよそよそしさは無くなっていた。

「お前は俺の目なんだぞ。三六〇度、上も下もぜんぶ見て貰《もら》わなきゃ困るんだ」

淡島は口を曲げた。そんなことは言われなくてもわかっている。でも俺だって機械じゃないんだ。全てを把握することなんてできない。

「今、何が見える」

「え？」

「言ってみろ。もし走っているとしたら、俺に何を伝えるべきか」

「前方から車が来ます」

「いいぞ」

視覚がないだけに選手は音に敏感だ。特に車が近づく音には恐怖を感じる。伴走者が何も言わずにいると、選手は自分だけが車の存在に気づいているのではないかと疑心暗鬼に陥《おちい》る。伴走者は、選手が車の存在に気づく前に、ちゃんと認識していることを伝えてやらなければならないのだ。そうやって選手の恐怖心を丁寧に取り除いていく。

「道は？」

「えーっと、この先に段差があります」

「どっちの？」

「上りの段差か下りの段差か言わなきゃわかんねぇだろ」

「はい？」

「あ、上りです」

淡島は愕然《がくぜん》とした。これだけ練習をしているのに、まだまだ気づかないことだらけだった。普段、いかに自分が視覚に頼って生きているかを思い知らされる。周りの状況を正確に、そして簡潔に伝えること。伴走者には言葉の技術も要求される。ただ人より速く走れるだけでは、伴走などできない。

二三キロあたりで交差点を大きく右に曲がり、すぐに左へ。そのまま右への大きなカーブ。レースのちょうど真ん中に位置するこの急なクランクが選手たちの走りにどう影響するかは未知数だが、短時間で重心を左右に移動すれば確実に体幹のバランスが崩されてしまう。

明らかに前を行く選手たちのペースが乱れていた。クランクと路面の悪さが影響しているのは間違いない。すぐ目の前では、先ほど第二集団を抜け出していったはずのカイエルが体を捩《ねじ》るようなフォームを見せていた。どこか痛めたのだろうか。じりじりとペースを落とし、今にも足が止まりそうだった。

「前方にカイエル。このまま右から抜きますよ」

前を行くカイエルの左側には伴走者がいる。内田に声をかけて進路を右に修正し、瞬間的にペースを上げる。

「抜きます」

他の選手を抜くとき、淡島は常に自分が相手と内田との間を走るようにしていた。自分が内田の右側についているときには相手の左側から、自分が左側にいるときには右側から抜く。前を走る選手が急に左右へ動くと内田には避けることができないからだ。

さすがにこのレベルのチームがわざと妨害をすることは少ないが、勝利を諦めた選手がライバルを巻き添えにしようと考えるケースが無いとは言えなかった。接触した時のリスクが高い選手自身よりも伴走者がぶつかってくる可能性のほうが高い。それを防ぐにはできるだけ伴走者ではなく選手側から抜くのがいい。

淡島はカイエルの横に並び、ちらりと左側を見た。カイエルの顎は上がり、口はだらしなく開かれている。おそらくもうこれ以上は走れないだろう。その向こう側では伴走者がこちらを睨《にら》んでいた。

淡島は顔を正面に戻した。もう一人のケニア勢、チェロメイが視界に入っている。

チェロメイも明らかにペースが落ちていた。暑さに慣れているはずのケニア勢だったが、道の悪さが足に相当なダメージを与えているようだった。距離は二〇メートル。あまり内田のペースを変えたくはないが、ここで抜けるのであれば抜いておきたい。

「そのまま維持して、もう一人抜きましょう」

内田は何も言わない。ただ淡島の指示通りに足を繰り出していく。ゆっくり並んで抜き去ると、一気にチェロメイのペースが落ちた。一度引き離したはずの者に追いつかれ、そして抜かれるのは精神的に大きなダメージとなる。

淡島の頰が僅かに緩んだ。また勝利に一歩近づいたという確信。

だが、まだ先は長い。ここからは再び淡々と時間を刻んでいくしかない。淡島は顔を横に向ける。内田の息が荒くなっていた。汗の量も急に増えたように見える。ケニア勢を抜くためにペースアップをしたせいだけではなさそうだった。さっき窪みに足をとられて以降、淡島は何かがおかしいと感じていた。

「足は大丈夫ですか」

内田が答えないのは問題が無いからだろう。

それでも何か気になる。内田のストライドは力強かったが、足場の悪さが筋肉を緊張させているのか僅かに体が傾いていた。

「内田さんの走り方は上下動が多すぎるんです」

夜の練習を終えた後、公園のベンチに腰を下ろして汗を拭《ふ》く内田に向かって淡島は言った。すぐ脇では松浦が地面に座り込んで、念入りにストレッチをしている。

伴走を始めてすぐに、淡島はブラインドランナー特有の問題に気づいた。一般的に晴眼者は無意識のうちに周りにあるものを利用して自分の体の位置を把握し、体幹のバランスを微調整している。だが、視覚の無い内田が肉体を完全にコントロールし、体幹のバランスを保つには、自らの感覚だけで状態を把握しなければならなかった。

「自分の体の位置を覚えるしかありません」

「体の位置って何だ」

「どこに頭があって、どこに手があるかってことです」

「そんなことは知っているぞ」

「いえ、ほとんどの人は知らないんですよ。一センチ単位、いや数ミリ単位で正確に自分の体の位置が把握できていますか」

両腕を大きく開いてから目を閉じ、左右の指先を体の正面でぴったり合わせようとすればすぐにわかる。人間は視覚によって体の微妙な位置を修正しているのだ。だが、視覚障害者にはそれができない。

「これを覚えるしかないのか」

「そうです」

指先の位置や形に至るまで、肉体を完全に把握する。矛盾《むじゅん》するようだが、それを無意識のうちに意識しなければならない。全てを内側に持たなければならない。

「難しいな」

「バレエダンサーと同じことです。簡単にはできません」

「だったらそのためのメニューを考えろよ」内田は偉そうな口調になる。

何だよこの人は。できないくせに何をいばってるんだ。

「俺は傲慢《ごうまん》な選手だと言われてきたけどよ、納得のいくことなら聞くんだ。神は肉体だけでなく精神にも天賦《てんぷ》の才を与える。正しき声を聞く柔軟さがなければ、栄光を摑むことなどできない。

「だったら俺の言うことをもっと聞いてくださいよ」

「聞いてるじゃねぇか」

もともと科学的なトレーニングや最新の道具をいち早く取り入れてきた淡島にとって、ブラインドランナーの練習方法を考えることは新たな楽しみになっていた。

「そうだ。ほら、これを見てください」淡島はベンチの横に置かれた鞄《かばん》からタブレットを取り出し、内田の隣に座った。内田のシューズに取り付けたセンサーのデータがグラフ化されている。

「内田さんはスピードが遅いと左に重心が傾くんですよ」

おそらくは左手に白杖を持っているからだろうと淡島は考えていた。データの収集と分析。それを繰り返すことで課題を見つけ出し、解決方法を探る。システムエンジニアの仕事と同じことだ。

「バカ。俺には見えねぇよ」目の前にタブレットを差し出された内田は、まったく反応せずに、ただそう答えた。

「あ」淡島の顔が赤くなる。「すみません」

「淡島さんって、ただのオタクみたいになるときがありますよね」松浦が呆《あき》れたような声を出した。世界で勝つには交代の伴走者が必要だと考えた淡島がスカウトしてきたのが松浦だ。そろそろ半年近い付き合いになる。

「データに夢中になると淡島さん、ぜんぜん周りが見えなくなるから」

「おいおい。周りが見えねぇのは俺だろうが」内田が口を尖らせた。

「あ、そうかも」松浦と内田は二人で大笑いする。

淡島は黙って手元のデータを見つめていた。ブラインドランナーは足元に不安があるため、どうしても歩幅が狭くなる。大胆に歩幅を広く使うストライド走法を身につけるには、恐怖心を抑えつけるしかない。

肉体だけでなくメンタルも強化しなきゃならないな。淡島は頭の中でそのための練習メニューを考え始めた。

数多くのパラメーターを一つずつ確認し、それぞれのレベルを上げる。最も効率的な方法を使って最短で内田をトップレベルのランナーに引き上げる。淡島の狙い通りの完璧なレース運びをするブラインドランナーをつくるのだ。

「なあ、淡島」内田が笑うのをやめた。

「なんですか」

「一度だけでいいんだけどよ」内田は下顎に力を入れて唇を丸めた。そうして鼻からふうと息を吐いた。

「自分の目でコースを見ながら走りたいなあ」

大きな声でそう言ってから、内田は声を上げて笑った。釣られたように松浦も笑顔を見せる。淡島は何も答えることができず、黙ったまま地面を見た。ベンチの足は土に埋められている。わずかに窪んだその土の色さえ、内田は見ることができない。俺には見えている。ものが見えていることが、まるで悪いことのように感じられてしまう。

「すみません」

「あやまることじゃない。俺はただ羨《うらや》ましがっているだけだ」

「本当にすみません」

「俺たちは、いつでも自分が持っていないものを欲しがっちまう」

淡島は内田の横顔を見た。そうだ。俺だって羨ましがっている。生まれ持った資質。決して届かないレベルでの戦い。だから俺は勝ち負けではない戦い方に逃げたんじゃないのか。自分の気持ちから逃げるために。羨ましさや妬《ねた》ましさを隠すために。

「『走れメロス』を知っているか」唐突に内田が尋ねた。

「もちろん」

「メロスは何のために走ったと思う」

「それは」淡島は口ごもった。あの話を読んだのはもうずいぶんと昔のことだ。

「確か、友情のためですよね」

「ふむ」内田は小さく鼻を鳴らした。

走れメロス。最後は裸足《はだし》で走ったんだっけ。よく覚えていない。

二四キロ地点のゆるやかなカーブを右に曲がると右手の奥に海が見えた。風に運ばれてきた磯の香りが鼻の奥をふっと刺激する。国道の両側には、大きな柱が特徴的なコロニアル調の住宅が並び、赤や緑の派手な原色で塗られた壁の上に張り出したベランダでは、青い国旗を手にした人々が大きな声援をあげている。

淡島は伴走したまま内田のフォームを確認した。横から見る限りでは膝もしっかりと上がっているし、腕の振りにも乱れはない。

大丈夫そうだな。淡島は安心した。

内田の息はさらに荒くなっていたが、もうすぐ二五キロの給水所に差し掛かる。水を補給すれば多少は回復するだろう。

俺の組み立てたレース展開通りに最後まで走ることができれば間違いなく勝てる。それには俺が正確なペースを刻み続けていればいい。全ては予測通りの完璧なレース。予測できないのは俺の足首だけだ。

淡島たちがこの国に着いたのは一〇日前のことだ。時差による睡眠不足を解消し万全の体調を整えるには少なくともそれくらいの日数が必要だった。

日々の調整を行いながら、淡島は入念にコースの下見を繰り返した。トラック競技とは違い、ロードコースでは周辺の町並みや風景の変化が選手の集中力を高めるきっかけになる。事前にしっかりと下見をして目印になるものを頭に入れておけば、それぞれのポイントに差し掛かるたびに自分のレースを組み立て直すこともできるし、疲労の蓄積した頭と体のエンジンに再び火を点《とも》すこともできるのだ。

「その辺は淡島に任せたぜ。目印ってのは目の印だからな。俺にとっては印じゃねぇんだな、これが」内田はそう言って笑ったが、一緒になって笑ったのは松浦だけだった。

目印の全く無いまま長距離を走る感覚は、淡島には想像がつかなかった。単調な道が続くと人は集中力を失う。次々に変化する景色を見ることなく、ただ走り続けるブラインドランナーは、音と匂いと感覚でコースの全体像を把握するしかない。

「どっちにしても記録が出るようなコース設定じゃありませんね」ホテルに戻った淡島はふうと溜息をついてから首を振った。

「そんなにひどいんですか」スタッフの一人が聞く。

「観光バスで走ればいいようなコースだよ。レースをするためのものじゃない」

「俺たちには有利だ」内田はほくそ笑む。

記録を狙って走る選手にとって、急なカーブや坂道は大きなダメージとなる。だが、内田の目標は金メダルだ。タイムは遅くとも構わない。それには速い選手たちが自滅してくれるほうがありがたいのだ。

「前半の広い道で、いかにスピードを出させるかですね」

「直前に煽りゃいいのさ」

「煽る？」

「そうだ。徹底的に煽って煽って不安にさせる」

「またそういう卑怯なことするんですか」松浦が嬉しそうに聞く。

「当然だろ。俺を誰だと思ってんだ」内田はパンッと両手を合わせた。

現代のマラソンではペースメーカーが重要な役割を担っている。先行するランナーにペースを作らせ、どのタイミングでスパートをかけるかの勝負になっているのだ。

だが、先行者の背中を見ることのできないブラインドランナーは、ペースメーカーを使って自分のペースを作ることができない。ペースを作るのは伴走者の役割だった。

そして優秀な伴走者になれば、自分が伴走する選手だけではなくレース全体のペースさえコントロールするのだ。

二六キロ地点からの一キロは、国道が完全に海沿いになる。前半とは逆に今度は海を右手に見る形だった。背中側から照りつける陽射しが首に刺さるようだ。

「向かい風に注意です」風は体力を奪う。この区間だけはペースを落としてしっかりと刻んで行ったほうがいい。

内田が僅かにこちらへ顔を向けたのを淡島は見逃さなかった。

「どうしました」

「追い風だ」

まさか。言われてみると、下見の時には確かに吹いていた向かい風は無い。淡島には感じ取ることのできない僅かな風の気配を内田は感じ取っているようだった。

淡島は内田を見た。苦しそうな顔だった。呼吸も荒く、半開きになった口からはよだれが出ている。気温はさらに上がり、まるで熱風の中を走っているような気がした。これほどの暑さの中で走った経験は淡島にもない。このまま最後まで保つのだろうか。淡島の頭に不安がよぎった。

「出よう」ほとんど声を出すことのない内田がわざわざそう言ったのには理由があるのだろう。ここで前に進みたいのだろうか。だがまだ二六キロだ。ここでペースを上げて、最後の登坂まで力が残せるのか。

一時間三九分四七秒。淡島は時計を見てから内田に視線をやる。内田は淡島の視線を感じ取ったかのように、僅かに頷いて見せた。まるで淡島のことが見えているようだった。行けるのか。行けるんだな。内田がもう一度頷く。

「キロ三分五五で」

これまで少しずつ落としてきたペースをあえてここで上げる。思い切って攻めていこう。内田がそう言っているのだ。それに、もうすぐあの場所に差し掛かる。きっと内田にもそれがわかっているのだろう。

二七キロで交差点を左に曲がり、選手たちは海から離れて旧市街へ入っていく。先頭集団がペースを落としたのか、第二集団との差がほとんどなくなっていた。一〇人の選手が伴走者とともに長い列をつくり、古い街の中を駆けていく。

曲がり角の右側には、かつてこの国で革命が起きた当時に使われた古い要塞《ようさい》が残されていた。見上げるような高い外壁には四角い窓が開けられている。ここから始まる旧市街は革命当時の雰囲気がそのまま保全されていて、地面もアスファルトから凹凸の多い石畳に変わる。

視覚障害者にとってこの凹凸は恐怖以外の何物でもない。恐怖で硬直した筋肉が走りの効率を下げれば、それはギリギリのエネルギーで走るランナーにとって致命的なダメージとなる。だが、内田のストライドに変わりはなかった。石畳に萎縮した選手たちが歩幅を縮める中で、内田は並外れた精神力で恐怖を抑えつけ、ただ前に向かって足を繰り出していた。苦しそうだった表情も和らぎ、呼吸は一定のリズムを刻んでいた。

淡島の予想した通り、序盤のペースが速すぎたのだろう。先頭集団にいた選手たちの姿が、いつの間にか目の前に迫っていた。トップを走っていたはずのウクライナのペトロフは手で横腹を押さえていた。ここは勝負どころかも知れない。

道の両側には古い家が並んでいる。長く潮風を受けてきたからなのか、どの家も壁の漆喰《しっくい》がボロボロと剝《は》がれ落ち、中には廃墟のように見えるものもあった。上半身裸になった男たちが家の前に座り込んで選手たちをぼんやりと見つめている。その前で子供たちが青い旗を振り、声援をあげていた。

子供はいつ飛び出してくるかわからない。この狭い道で飛び出されると、誰にも避けることはできないだろう。住宅地を抜けて商店の並ぶ区画に差し掛かるまで、淡島は沿道の観客に注意を払い続けた。

二八キロを過ぎると道幅が広がった。ここから二九キロ地点までは緩い坂を上る。よし、今だ。

「抜きますよ」淡島の合図で二人はペースを上げた。

登坂でのペースアップこそ内田の持ち味だ。ペトロフを抜き、クリスチャンセンの背後にぴったりとつく。このノルウェーの有力選手も、すでに膝は上がらず、体幹が左右に大きくぶれていた。頭の後ろで結んだ長い髪が激しく揺れている。これならいつでも抜ける。

やはり敵はその先にいるマガルサとホアキンの二人だ。現時点で内田は四位。ここまでは全て計算通りだ。

ここでは向かい風が僅かに吹いていると内田からは知らされていた。淡島にはわからない微妙な風を内田は感じ取る。クリスチャンセンの体で風を遮りながら、次のチャンスを窺う。


勝利に対する内田の執念は並大抵ではなかった。淡島が伴走を始めてひと月もたたないうちから、内田は淡島の持つ最新のトレーニング知識を積極的に取り入れ、練習方法を変えた。

「俺たち盲人が一人でできる練習は限られている」

ケガの後遺症が残る足に適度な負荷をかけるには水中歩行が理想の練習だった。基礎体力をつけるために公道を走るのは危険が多すぎる。だが視覚障害者である内田が通えるプールはなかった。どの施設も事故があったときの責任を恐れる。スポーツジムも同様だった。障害者用のリハビリセンターのみが内田を受け入れる練習場所だ。だが内田は気にもしなかった。金で買えるものは金で買う。内田は自宅を改造し、ジムとプールをつくった。

「金でメダルは買えねぇが、近づくことはできるからな」

淡島の作ったメニュー通りに体を作ろうとすれば日に一〇キロのロード走を五本はこなさねばならないが、それは視覚障害者にとって負担の大きなものだった。伴走者がいなければ公道を走ることはできないのだ。

内田に限らず、どの選手も地元で伴走してくれる人を探している。学生や市民ランナーの中にそうした練習を買って出てくれる者がいないわけではないが、内田レベルになると伴走者にも世界レベルの実力が必要になる。そこまでの力を持つ伴走者が見つからない場合、短い距離を繰り返し走るインターバルランにするか、伴走者が交代しながらのロードトレーニングをするしかない。

東京で暮らしている淡島と普段は九州にいる内田とでは、生活圏があまりにも離れている。公式大会の直前には、淡島が内田の元を訪れ、あるいは内田が淡島の元へ赴《おもむ》いて合宿や調整を行うが、普段の練習はそれぞれが個別に行っている。だが内田の練習は一人ではできない。一〇〇人を超す地元の市民ランナーたちが日替わりで伴走者となり、早朝の練習に付き合ってはいるが、彼らはプロではない。それぞれの伴走者にも生活があり、毎日何時間も走る内田の練習に付き合い続けることは難しかった。伴走者の不足はブラインドランナーにつきまとう大きな問題なのだ。

「どうすればいいんだろう」淡島の嘆《なげ》きに内田は太々《ふてぶて》しい笑みを浮かべて答えた。

「そんなものは金で片づければいい」周りが鼻白むほど嫌味な口調で内田は言う。確かにスター選手としてヨーロッパのクラブチームと契約していたのだ。金があることは間違いない。

「金で買えるものは金で買う」内田は嘯《うそぶ》いた。それは内田らしい照れ隠しなのだと淡島は考えているが、ときおり本当に嫌味な人間ではないかと思うこともあった。

「練習用に専属の伴走者を雇うってことですか」

「さすがにそれは無理だった」

それはそうだろう。伴走者という職業が存在するわけではないのだ。もしも内田が走るのをやめてしまえば次の仕事はない。それなりの報酬《ほうしゅう》をもらっている淡島でさえ、伴走者だけを仕事にする覚悟は持てなかった。

「実は伴走者なしでスピードトレーニングをしているんだ」

二日間の合宿を終えた後、内田が得意げに言った。

「待ってください。どういうことです？」

淡島が伴走者になって二年以上が経つというのに、いまさら必要がなくなったとでも言うのだろうか。

「もちろん本番のレースには伴走者が必要だけどな。さすがに族を走らせるわけにはいかねぇからさ」

ベンチに腰を下ろした内田は、首に真っ赤なタオルを巻きつけている。

「族？」

「暴走族だよ」内田はそう言って口元に不敵な笑みを浮かべた。「かれこれもう半年くらい前の話だけどさ」

深夜。協力してくれている市民ランナーとの練習を終えたあと、独りコンビニに立ち寄った内田に絡んできたのは地元のチンピラだった。

「お前、銭《ぜに》もってるか？」

バイクにまたがったまま若者たちは堂々と金を無心した。内田が白杖をついていることなど気にもしていない。

「ねぇよ」内田は固い口調で答えた。「金ならあるが、お前らにくれてやる金はねぇ」

「なんだと、おっさん」

「こいつ、やっちまえよ」嚇《おど》すような声を出した若者が無造作にバイクから降りると、サスペンションのスプリングが軋《きし》んだ。

「ふん。俺とやるのか」内田は白杖をすっと前方に突き出す。

「おい、ちょっと待てよ」若者の一人が戸惑うような声を出した。「このおっさん、目が見えないんじゃないのか」

「そうだ。それが何か問題か？」内田は声の聞こえた方向へ白杖を向けた。

「それで俺たちとやる気なのかよ」

「馬鹿じゃん」若者たちは内田をあざ笑った。視覚が無いことを何の能力も無いかのように笑う連中だ。それは内田がこれまでに何度も聞いてきた笑い声だった。

「試してみるか」内田は全身に殺気をまとった。

「いや、そんなつもりは」

「障害者に勝っても威張《いば》れねぇしよ」

「そうだな」

チンピラたちは再びバイクにまたがりエンジンをかけた。

「ちょっと待て」内田は去ろうとする若者たちに声をかけた。

「何だよ、おっさん」

「お前ら、バイトしねぇか」

車通りの多くない道を選び、内田はバイクにくくりつけたロープを持った。

「時速二〇キロ前後で走ってくれ」そのまま一〇キロの距離を往復する。キロ三分の高速ペースを維持し続けるというかなり無謀な練習だが、内田一人でスピードトレーニングをするには最適な方法だった。

内田の提示した金額は彼らを動かすには充分なもので、今では電話を一本かけるだけで、空いている者が内田の自宅へバイクでやってくる。

「そんなわけで今じゃ、応援にも来てくれるんだぜ」

「暴走族と練習してるんですか」淡島は啞然《あぜん》とした。

「バイクなら誰が運転しても同じペースで走れるからな。画期的だろ」内田は自慢する。「田舎の道だからできることだけどな」

短距離走の練習方法の一つに、先導するバイクにロープを引かせて、限界を超えたスピードを体に覚えさせるというものがある。だが、それはあくまでも安全が確保されたスペースで行われるものだ。公道でペースづくりのために行うものではないし、ましてや内田は視覚障害者ではないか。

「危ないですよ」

「下手な伴走者と走るよりも、よっぽど安全だし練習になるさ」

「でも暗いじゃないですか」

「ははは」内田は笑う。「俺はずっと夜にいるからな」

淡島はハッと口を噤《つぐ》んだ。

「すみません」淡島のこめかみに脂汗が浮かぶ。内田が光を感じられないことをすっかり忘れていた。

「俺の目は節穴だぜ」

伴走者になってから、障害者が自分たちのことをジョークにするところは何度も見聞きしてきたが、そのたびにどこまで笑っていいのかわからず、淡島はよく困った。

「いいんだ。障害者だからといちいち気を遣われるほうが面倒くさい」

「それでバイク練習はうまくいってるんですか」淡島はわざと明るい声を出して話を戻した。

「おいおい、何を言ってんだよ。それは俺が聞きてぇことだ。うまくいってるかどうかをチェックするのがお前の役目だろうが」

「あ」

「ちゃんとしろよ。まったくどんくさい男だな」

淡島は黙り込んだ。この男は勝つためなら本当に何でもするらしい。体の芯に熱が籠るのがわかる。こうまでして勝つことに貪欲な男に俺は出会ったことがあるだろうか。いや、俺自身は、ここまで勝つことにこだわってきただろうか。


まだ多くの国で、障害者スポーツは福祉の一環として扱われている。

最近になって、日本でもようやく遠征や合宿のための費用の一部を連盟が負担するようになったが、それまで障害者スポーツ選手はどれほどの実績があっても練習費用は自費で持つしかなかった。

障害者はどうしても健常者より金がかかる。ブラインドランナーだけでなく、障害者スポーツに携わる者にとって最大の障害は金なのだ。

車椅子や義足は競技用のものが必要だし、海外遠征ともなれば、運送費用もバカにならない。ブラインドランナーに装具は必要ないが、その代わりに伴走者の交通費や生活費、場合によっては休業補償を払うことがある。体調不良により伴走ができなくなっては肝心の選手が走れないため、交代要員も含めると伴走者は最低でも二人は必要だ。その交通費や宿泊費、食費などの生活費は多く選手が負担する。

これまでそうした負担は全て選手個人に委《ゆだ》ねられてきた。

五輪の強化選手であればいつでも自由に使える練習施設が障害者連盟の指定選手にも開放されたのは、東京パラリンピックの開催が決まって以降のことだった。メダルや記録は要求されるが、そのための支援はほとんどない。まずは生活と競技を両立させることから始めなければならず、資金不足を理由に競技生活を断念する障害者も少なくない。それが障害者スポーツをとりまく現実だ。

だが、内田に限ってはそうした苦労とはまったく無縁だった。

「金で買えるものは金で買う」

勝つためには手段を選ばないという内田に、初めのころは反発を覚えていた淡島も、しだいにその考え方を受け入れるようになっていた。

「ファールはやったもん勝ちだし、やられたら痛がってみせればいい」

淡島としては、どうもそういったサッカー流の考え方には賛同しづらいところもあるのだが、ルールに反してさえいなければ、その範囲内では何をやってもいいという内田の意見には頷かされるところもあった。相手も同じ土俵で戦っているのだ。何も問題は無い。

いくら金を出しても決して手に入れることのできないものがあることを内田は誰よりもよく知っている。だからこそ、金で買えるものは金で買うのだ。

「右から抜きます」

二人はクリスチャンセンからすっと離れた。そのまま力強く坂を上りマガルサのすぐ後ろにつく。

「坂を上り切るまでこのままで」

ただでさえきついコースなのだ。僅かな向かい風でも長く受け続けていれば少しずつ体力は奪われていく。ここはマガルサを風除けに使って少しでも体力を温存したかった。

確実にレースをものにするためには、駆け引きが必要だ。後にぴったりと張りつかれたランナーは、必要以上のプレッシャーを感じる。特に引き離したはずのランナーが再び背後に迫るのは、相当なプレッシャーになる。追いつかれたということは、抜かれる可能性も高い。いつ抜かれるのか。このまま逃げきれるのか。余計なことを考えるだけで脳はエネルギーを消費する。残り僅かなエネルギーで走るランナーにとって、その消費は大きなダメージになってくるのだ。頭を使わせ、精神を追い込む。マガルサが二人を引き離そうと僅かにペースをあげた。褐色の肌は光沢を帯びているかのように陽射しを照り返す。汗の量が多いのだ。かなり苦しいのだろう。

よし、仕掛けよう。淡島は内田に英語で声をかけた。

「このまま行きます」

「抜けます」

「ほら、ほら、行きます」少しずつ声を大きくしていく。

だが二人はペースを一定に保ったまま、少しも速度を変えようとはしなかった。ただ、淡島の声だけが大きくなっていく。

明らかに前を行くマガルサが動揺しているのがわかった。音だけを頼りに走るブラインドランナーは、後ろの音が次第に大きくなれば、他の選手が追いついてきたと考えてしまう。

マガルサが伴走者に何かを呟《つぶや》き、伴走者がちらりとこちらを振り返った。濡《ぬ》れて黒くなった髪がべったりと額《ひたい》に張り付いている。マガルサの伴走はベテランのアミンだ。おそらくこちらの意図はお見通しだろう。アミンがマガルサに何かを言っている。

淡島はわざと足音を立て、さらに大きな声を出した。

「はい、行きます、行きます」

ギリギリで走っている選手の精神は案外と脆《もろ》い。自分を安心させるために伴走者が嘘をついているという考えさえ選手の頭には浮かぶのだ。疑心暗鬼になった選手は、伴走者の指示を完全には信用できなくなる。

初めてこの作戦を聞かされた淡島は、感心すると同時に内田の底知れぬあくどさに、嫌悪感すら持った。

「これもブラフってやつだな」内田はグヘヘへという気味の悪い笑い方をした。

どうも意地の悪いことを楽しんでいるようにしか思えない。淡島は首を傾げた。この人は本当に根っからの悪人じゃないのか。

だが、そうした駆け引きが伴走者に求められる資質の一つであると、そして、それこそが勝利に対する執念なのだと、内田とともにレースへ参加するたびに淡島は思い知らされた。その執念を持たない者が、勝利を手にすることはないのだ。

坂を上りながら淡島は周囲の風景をぼんやりと眺めた。坂の左手にある高い壁はもともと城壁だったのか、石が積み上げられている。道の両側に植えられた巨大な樹木が、青々とした葉で屋根のように道を覆っていた。日が遮られて陰になっている。僅かな時間でも日光から逃れられるのはありがたかった。ほんの一瞬だが淡島の集中力が途切れ、観光気分になる。

「おい淡島」

内田の声が耳に入って淡島は我に返った。右手に持ったロープをしっかりと握りなおす。

坂を上り切ったところで、大理石を削ってつくられた巨大なモニュメントが正面に現れる。老若男女が複雑に絡まりあったように見える彫刻の向こう側には家の屋根がびっしりと並んで見え、さらにその先には海が広がっている。

マガルサのフォームが乱れた。

「抜きましょう」淡島が合図をすると内田はストライドを広げ、一気にマガルサを抜き去った。あとはホアキン一人。

レーシングカーの持つ能力を引き出すのはパイロットだ。淡島は秒単位で内田の走りを制御している。普段は面倒くさいこの男も、レースの時だけは淡島の指示を完全に受け入れる。

海外遠征や合宿などでは伴走者が選手の日常生活を手伝う機会も多くなる。本格的なレースには専属のスタッフをつける内田も、ちょっとした合宿程度なら淡島と二人だけで行うため、あれやこれやと細かな頼みごとをしてくる。それが淡島には苦痛だった。もともと孤独を好む淡島は、練習以外の時間を内田と過ごすことをあまり心地よくは思っていない。なによりも内田は傲慢なのだ。この男のわがままには付き合いきれない。それでも淡島が手伝わなければ、内田にはできないことがたくさんある。

「今日の朝飯はなんだ」

内田は淡島に肩を持たれてホテルの食堂に入った。

「いつものバイキングですよ」

「だから何があるのかちゃんと教えろよ」

淡島は苛《いら》ついた。何があるかなんてどうでもいいじゃないか。俺が内田に最適なメニューを選ぶんだから、いちいち聞かなくてもいいだろう。

「昨日とほとんど同じですよ」淡島は適当にごまかそうとした。

「本当か。昨日とはずいぶん香りが違うぞ」そう言って内田は鼻を前に突き出すようにする。

「淡島。どうせ俺にはわからないと思って、いい加減なこと言ってるだろ」

「そんなことありませんよ」大きな溜息が出る。

「溜息を吐くな。運が逃げる」内田が呟いた。内田には案外とジンクスにこだわるところがあった。

「ほら。さっさと端から順にメニューを言え」

「サラダとハム、スクランブルエッグ、ゆで卵、ソーセージ」

淡島はいくつかのメニューをわざと省いた。どうせわからないのだ。昨日と同じメニューでいいじゃないか。

「あとはパンとスープですよ。それにコーヒーか紅茶」

「おい、待てよ。オムレツがあるんじゃねぇか」

「えーっと、ええ。ありますね」

「マッシュポテトの香りもするぜ」

やはりこの男はごまかしきれない。

「なんで隠したんだ。俺にオムレツを食わせたくない理由でもあるのかよ」内田は淡島のほうに顔を向けて睨むような表情を見せた。

「もういいじゃないですか。俺がちゃんとバランスを考えて選びますから」

「うるせぇ。いいから俺にオムレツを寄越《よこ》せ。で、オムレツは何種類あるんだ？」

ああもう面倒くさいな。淡島はがっくりと肩を落とした。

モニュメントの手前を左に曲がり、二〇〇メートルほどの下り坂を降りて住宅地に入ると、今度はすぐに右へ折れ、片道二車線の広い通りに入る。そのままさらに坂を下っていく。背後から照りつける陽射しが強まっていた。まもなく三〇キロ。そろそろどの選手もエネルギーが切れるころだ。内田の顔からも表情が消えていた。少しずつ蓄積した疲労は体の動きを緩慢にするが、枯渇した糖分は脳に影響し、次第に思考が鈍っていく。ここからは精神力の戦いになる。

坂の下にある大きな古い病院が三〇キロの目印だ。ここで最後の給水をする。病院の前にはいくつものテントが張られ、さながら野戦病院のようだった。

「給水所は左側にあります」

内田に声をかけて体を道の左側に寄せた。内田は何も答えず、ただ淡島の指示通りに体を動かしている。淡島はわずかにペースを落とし、テーブルの上に並べられた水に手を伸ばして、しっかりと摑んだ。たとえタイムが落ちようとも、ここで失敗するわけにはいかない。

「松浦がいる」内田が急に声を出した。

淡島は思わず内田を見た。どういうことだ。この喧騒の中で松浦の声が聞こえたというのか。

「淡島さん、内田さん」

淡島の耳にも松浦の声が入ってきたが姿は見えなかった。足を止めるわけにはいかない。水の入った容器を手にしたまま給水所を離れる。

ふいにすぐ後ろからバタバタという足音が聞こえた。

「これを」淡島の左側から手がぬっと伸びる。松浦だった。松浦は二人に聞こえるようにわざと足音をたてて走っていた。かろうじてまだ給水区域内だ。

「よし」淡島は手にしていた水の容器を沿道に投げ捨てた。子供たちがわっと声をあげて容器に集まる。

スペシャルドリンクの入った容器を受け取り、ちらりと左後ろに首を向けた。松浦が大きく頷く。これで最後まで走り切るだけのエネルギーが確保できた。淡島も頷き返した。

水分を補給すると内田の動きは明らかに変わった。上がり気味だった顎がしっかりと下がり、腕の振りが鋭くなった。淡島自身も自分の脳に糖分が回っていくのを感じる。それまで、どこかぼんやりとしていた風景が、急に焦点が合ったように澄んで見える。石垣のわずかな隙間や木々の木洩れ日《こもび》まで、はっきりと感じ取ることができた。
　手足の動きと同時に呼吸のリズムを整える。二人の息はピッタリ合っている。行け
る。これならまちがいなく行ける。いよいよラストスパートだ。
　三一キロ地点にはちょっとした公園があり、選手たちを一目見ようと集まった人々
が口々に声をあげていた。男たちは旗の代わりにシャツを脱いで振り回している。
　公園を過ぎたところで左側にカーブしたあとは三四キロ付近まで長い下り坂が続い
ている。
「まもなく下り坂です」
　下りは上りよりも神経を使う。着地するときに足にかかる衝撃は平地の一・五倍近
い。心肺機能にかかる負担は減るが、脚への負担は大きい。ここで脚にダメージを残
すと、その先を走り切れなくなる。
「ここから下り。前傾して」
　下り坂で体を後ろに反らせてはいけない。上半身が反ると脚がブレーキの役目を果
たそうとして、大きく消耗する。淡島はちらりと内田を見た。目の見えないランナー
にとって坂道を下るのはかなり恐いことだろう。その恐怖心を精神力で抑え込み、内

田はゆるい前傾姿勢を保ち続けていた。

顔を正面に戻すと、青いウェアから伸びた真っ黒な細い手足が視界に入った。ホアキンだった。ホアキンたちも下り坂ではスピードが出過ぎないように抑えているようだ。これなら抜けるかもしれない。

「スピードを上げましょう」

確かに下り坂だが、距離を考えればここで勝負をかけてもいい。この坂を下りきれば、あとは内田の得意とする上り坂と最後の直線が残っているだけだ。

二人の足音が大きくなった。脚にかかる衝撃はかなり強い。それでもここでホアキンを抜くことができれば。

ホアキンの伴走者は世界記録を持つエンリケスだ。本来ならば淡島が戦える相手ではなかった。それでも伴走者としてなら、俺だってエンリケスと同じ土俵で戦うことができる。

前を行く二人の背中が次第に大きくなってくる。

「まもなくホアキン」

もうすぐ。もうすぐだ。

「右から抜きます」

重力に引かれるようにスピードを上げていく。

四人が横一列に並んだ。内田はまっすぐ正面を向いたまま前傾姿勢を崩さない。エンリケスは平然とした表情でホアキンに声をかけていた。ホアキンも追いつかれたことなど気にもしないかのように、淡々と同じリズムを刻んでいる。彫りの深い横顔はブロンズ像のようだ。

道の両側に茂る生垣が、延々と続く一本の青いラインのように見えた。沿道で人々の上げる声は、淡島の耳には入ってこなかった。

淡島たちの前には誰もいなかった。横にいるのは内田だけだ。ホアキンを抜いたのだ。

「抜きました」

ついに先頭に立った。あとは最後まで逃げ切ればいい。俺が内田に金メダルを獲らせるのだ。このままホアキンをできるだけ引き離すんだ。

坂を下るスピードが知らず知らずのうちに上がっていた。ダメだ。ペースを保たなければ。

淡島の額に妙な汗が浮かんだ。左足首の違和感が次第に大きくなっている。まだ痛みはないが少なくともこの坂道を下りきるまでは、たとえバランスを崩してでも右足に重心を寄せたほうが良いかもしれない。それともここでピッチ走法に切り替えるか。

足首に気を取られて、注意していれば避けることのできるはずの轍を淡島は見逃した。一瞬の気の緩み。集中力の弛緩《しかん》。

「あっ」

バランスを崩した内田の左手からロープが抜けていくのがスローモーションのように見えた。

転倒。

かなりのスピードで走ったまま転倒した内田は倒れながら両手で頭を守るようにして地面に転がった。二つの煉瓦《れんが》を激しくぶつけたときのようなゴツという鈍い音が石造りの家々に反響した。二回転した内田は地面の上で横を向いたままじっと体を丸め、そのまま動こうとしない。

呆然と立ち尽くす淡島の首筋を強い風が過ぎった。淡島の視界の端にオレンジ色のゼッケンが映る。ホアキンとエンリケスの背中がどんどん遠ざかっていこうとしていた。

「大丈夫ですか」慌てて声をかける。

「痛ぇよ」

と言ったあと、内田は溜息とも嘆き声ともつかない長い長い息を吐き、頭から離した両手を強く握って胸の前に引き寄せた。

「俺のせいです。俺がきちんと見ていなかったから」

「ああ、そうだよ」体を丸めたまま内田は怒鳴《どな》った。「伴走者が気を抜けば、俺たちにはどうすることもできねぇ」

淡島はじっと内田を待った。この大会では伴走者が選手を起こしたり支えたりすれば反則になってしまう。

呻《うめ》き声をあげながら内田は立ち上がった。肘と膝から血が滲《にじ》んでいる。

「大丈夫ですか」

「うるさいな。さっさと行くぞ」

と内田は言った。

「走れるんですか」

「当たり前だ。俺は優勝するんだ。そのためにお前がいるんだろうが」

「わかりました」淡島が内田の肘にロープの端を当てると、内田は素早く手でロープを握った。

「その前に走れるかどうかを見ます」

ここからトップを狙うにはかなりのペースで走らなければならない。それにはまず、足に問題がないかどうかを確認しなければならなかった。

「俺は何ともない」内田は顔をまっすぐ淡島に向けた。「俺は元サッカー選手だ。転倒には慣れている」

内田はそう言うが、淡島は納得しなかった。芝の上と石畳ではダメージがまったく違う。簡単に結論を出してはいけない。俺は伴走者であるのと同時にコーチでもあるのだ。

もしも内田の足や膝に故障があるようなら棄権させようと淡島は決めていた。体に負担をかけたまま残り一〇キロを走れば、場合によっては一生走れなくなる可能性もある。棄権は恥じることじゃない。未来へチャンスを残す方法の一つだ。

内田は何度か膝を曲げたあと、その場で足踏みをした。膝から垂れた血が脛《すね》に赤い筋を残していた。

「痛みは?」

「そりゃ、痛いさ。でも走れる」体を弾《はず》ませるように軽く飛び上がる。

「わかりました」どうやら大丈夫そうだ。筋肉や腱の損傷とは違って、打撲や擦過《さっか》に

ください、もしも何か異常があったら棄権してよる痛みは走っていれば感じなくなる。「でも、もしも何か異常があったら棄権して

ください」

「うるせぇ。俺は棄権なんかしねぇ」内田はロープを引いた。

ホアキンとの差は一〇〇メートル近い。もうペースを考えている場合ではなかった。

よし、行こう。ワン、トゥー、ゴー。淡島のかけ声で、二人はいきなりトップスピードで走り出した。長くともに練習を続けてきた二人だからこそ、瞬時にタイミングを合わせることができる。それは、指揮者がタクトを振り上げれば、一瞬の後に演奏者の息がぴたりと揃うオーケストラと同じようなものだ。

すでに昇りきった太陽があたかも二人を試すように厳しい陽射しを注ぐ。

俺は一度、自分の欲のために内田を裏切っている。もう俺のせいで内田が負けることがあってはならない。たとえ足首が壊れても最後まで走ってやる。

「最後の調整はいつやる」

内田に聞かれて淡島は翌月のカレンダーを確認した。伴走を始めてから一年以上が経つ。淡島は内田のトレーニングメニューだけでなく、参加する大会も全て決めるよ

うになっていた。ロード練習だけでは身につかない勝負勘を養うには適切なタイミングで実際のレースを走ることも必要なのだ。

「レースは週末ですから、火曜にきっちり走り込めば、あとはキロ五分程度のジョグでいいでしょう」

数年前から夏に北関東で開かれるようになった市民マラソンには、シーズンに向けた調整を兼ねて、多くの有力選手が参加するようになっていた。ここである程度の結果を残せれば、確実にパラリンピックへ近づけるはずだ。そのために内田はこの三ヵ月近く、スピードトレーニングとロングランを繰り返し、かなり厳しく体を追い込んでいた。

もう一度日程を確認した淡島は腹に力を入れた。内田の伴走をする大会の三週間後に、淡島自身が個人で参加する大会があった。伴走者として走ったあと、疲労を残したまま自分のレースに出ることになる。アフリカ勢じゃあるまいし、あまりにも無茶な予定だと淡島自身もよくわかっていた。それでも三週あれば、ある程度は回復できるだろう。あまりメディアには注目されていない小さな大会だが、淡島はどうしてもこのレースに出たかった。

「俺の伴走の妨《さまた》げにならなきゃ構わねぇよ」

淡島が一定の成績を収めれば、伴走者の存在を広く知らせることにも役立つ。ただでさえ障害者スポーツに関心の薄いこの国で、人々の関心を集めるには伴走者自身も話題になったほうがいい。内田はそう考えているようだった。

「勝ち負けや記録はどうでもいいんですよ。伴走者としてのレベルを保つには、自分も一線で走る必要があるってだけですから」

淡島は口ではそう言うが、本心ではまだ自分の記録を諦め切れていなかった。夏のレースだ。うまくレース運びを組み立てることができれば、自分がこれまで走ってきた証を残せるかも知れない。淡島は内田の伴走者としてではなく、淡島個人としての記録が欲しかった。それさえあればいい。そして、それ以上は望まない。

大会日程が変更されたのは、前日のことだった。

「延期ってなんだよ。雨天決行のはずじゃないか」電話を切って淡島は大きな声を出した。松浦が目を丸くしてこちらを振り返る。

「台風だからしかたねぇだろ」内田が肩をすくめた。

台風だからまずいんだ。淡島は首を振った。

「速い奴らがどんどん棄権してくれりゃ、こっちには有利だぜ。へへっ」内田が笑った。

「ですよねぇ」松浦も大きく頷く。

淡島はぼんやりとカレンダーを見つめた。振り替えられた新しい日程は、淡島が個人で参加するレースと重なっていた。

「この日は松浦に任せますよ。俺も自分のレースがあるので」淡島はできるだけさりげなく口にした。

いいじゃないか、一度くらい自分のレースを優先しても。俺だって勝ちたい。人のために走るのではなく自分のために走りたいと思うのは当たり前のことじゃないか。誰だって最後は自分が一番大切なんだ。どうしたって自分を優先する。それが人間ってものなんだ。みんなそうじゃないか。きっと内田だってわかってくれるはずだ。

「チームじゃねぇのかよ俺たちは。お前の勝手な都合でチームを壊すつもりか」内田は語気を強めた。「俺の伴走の妨げにならなきゃって約束だろ」

「俺だってまだ自分の力を試したいんです」淡島は思いきって本音を口に出した。

「はん。本物のバカだろ、お前」内田は鼻で笑った。「トレーニング方法もレースの組み立て方も、お前は最高レベルだよ。そこまで科学的に積み上げられる選手はそういない」

褒められているのか貶《けな》されているのかわからず、淡島は怪訝《けげん》な表情になる。

「ペースキープも機械みてぇだしな」

そう。だから俺は記録を狙いたい。まだやれるはずなんだ。

「だけどどんなに頑張っても、お前じゃ世界レベルには届かねぇんだよ」

「そんなことは」

淡島の顔から色が消え、頬がヒクついた。

「お前はそこまでのランナーだ。本当に世界に行きたいのなら、世界レベルで戦いたいのなら、俺と走るしかない」内田は手を伸ばして淡島の腕を掴む。見えていなくとも相手との距離は完全に把握しているようだ。

「それがわかってるからお前は伴走を引き受けたんだろうが」

「俺だってまだやれます」淡島は内田の腕を振りほどいた。

「無理だ。諦めろ」容赦なく内田は言葉を重ねた。

淡島は腹の底が冷えていくのを感じた。

「なんで俺だけが諦めなきゃならないんですか。内田さんだって一度くらい自分のレースを諦めればいいでしょう」淡島の声が震える。

「はあ？　俺が諦める？」

「そうですよ」

「あのな」内田が淡島に近づいた。小柄な内田がやけに大きく感じられて、淡島は圧倒されそうになった。

「俺は天才なんだよ」内田は鼻からふんと息を吹いた。

「は？」

「お前の仕事は天才を支えることだ。そのために俺はお前に金を払っている」

淡島はなぜか涙が溢《あふ》れてくるのを感じた。自分のレベルくらいわかっている。だからこそ俺は記録が欲しいんだ。大会記録で構わない。ある年の記録保持者として永久に名前が刻まれるだけでいい。それさえ終われば、あとは伴走者として内田を支えていく。

「だからお前はダメなんだよ」内田は冷たい声でそう言い切った。

「入賞だの記録だのと言ってるようなやつは、所詮は負け犬なんだよ。勝負ってのは勝たなきゃ意味がねぇんだ。お前は負け犬だ」

強く握られた淡島の拳《こぶし》が色を失っていく。なんでここまで言われなきゃならないんだ。だったら勝ってやる。完璧なレース運びをしながら勝ってみせる。

「俺は自分のレースに出ます」

内田のレースを走る選手が内田だけなのと同じように、俺のレースに出場する選手は俺だけだ。だが伴走者は一人じゃない。伴走者としての俺に交代はいるが、選手としての俺に交代はいない。

「そうか。それじゃ俺は松浦と走るよ」

まだ粗削りなところはあるが松浦は優秀なランナーだ。今では内田のチームにとって欠かせない存在になっている。

だからしばらく淡島とは練習をしない。内田はそう言った。

「そんな」

松浦はあくまでも二番手だ。俺がメインの伴走者じゃないか。次のレースは伴走しなくても、その先のことを考えれば練習は続けなければならないはずだ。

「俺は勝ちに行くんだ。本気で勝ちを狙うやつにしか伴走は任せられねぇ」内田は吐き捨てた。「さっさと帰れ。帰って自分のレースに専念しろよ、負け犬が」

一人で黙々とリズムを刻みながら淡島は時計を見た。見慣れない数字に一瞬戸惑う。ここまで完全に予定通りのタイムで走っているが、普段の淡島のペースよりは若干速かった。勝つためにあえて設定したスピードだが、このペースで最後まで走れたことはなかった。

淡島の頭の中には内田のことだけが浮かんでいる。内田のレースは淡島よりも先に始まっていた。

あの日から内田とは会っていなかった。

走りながら淡島は自問し続けていた。レース展開を考えることも、他の選手の動きを見ることもなく、ただこのレースを走る理由を考え続けていた。淡々とタイムを刻み続け、気がつけば目の前にゴールがあった。

あらかじめ予定していた通りのタイムで淡島はゴールした。有力選手が途中で棄権したおかげで、なんと入賞という結果まで手に入れることになった。完全なレースに完璧なコントロール。自分の走りに満足するだけでなく、結果までついてきた。理想の形だった。勝つために設定したペースだったが、それでもまさか本当に入賞できるとは思っていなかった。これが勝つということなんだ。表彰台に立った淡島は、足元から痺れが上がってくるような快感を味わっていた。

額にぽつりと水滴が落ちてきた。雨だ。レースが終わったあとでよかった。急な体温の変化は体のコントロールにとってはマイナス要素となる。雨は次第に勢いを増し、赤茶色のタータンが貼られたトラックに跳《は》ね返ってピチという音を立てた。

内田はどうなっただろうか。

淡島のたてた戦略通りに走っていれば間違いなく内田も入賞しているはずだった。松浦ならきっちりと俺の決めたペースを守って走り切れているだろう。淡島の計算通りなら二時間四〇分から四二分台で二位か三位。俺も入賞。内田も入賞。いい感じじゃないか。実力者同士がチームになってブラインドマラソンに挑戦する。これならメディアの取材だってあるかも知れない。ブラインドマラソンがメディアを飾る。内田が望む通りの展開だ。

授賞式が終わると雨は本降りになってきた。人の消えたトラックの上にぼんやりと白い靄《もや》がかかる。淡島は携帯でニュースサイトをチェックした。ブラインドマラソンの結果はどこにも出ていない。検索しても過去の結果しか表示されなかった。ブラインドマラソンはまだスポーツとして扱ってもらえない。誰も興味を持たないものはニュースにもならないのだ。

内田に電話をかけるが、電源が入っていないというメッセージが流れるだけで、つながらなかった。住所録から松浦の番号を探し出す。

「ああ、淡島さん」松浦はすぐに出た。

「どうだった」

「それが」

松浦の声は沈んでいた。

「それが内田さん、ゴールすらできなくて」

「え？」まさかケガでもしたのだろうか。

「ペースが速すぎたんですよ」

「なんでだよ」淡島は声を荒らげた。「俺のペース設定は完璧なはずだぞ。決めた通りに走ったんだろうな」

「それが、途中で煽られて飛び出しちゃったんです」

「何をやってんだ。それを抑えるのがお前の仕事だろう」携帯を目の前に持って怒鳴りつけるように声を出す。

「だって内田さんが大丈夫だ、行けるって言うもんですから。俺も熱くなってしまって」最後は声が小さくなる。

「パイロットはお前だぞ。マシンに操られてどうするんだ」

「内田さんのスタミナなら最後まで保つと思ったんですよ」松浦は拗《す》ねるような声を出す。

「その場の感覚や思いつきなんかで走るんじゃないよ。何のためにきっちり計画を立ているんだ」

「俺たちは、淡島さんみたいに冷酷な機械にはなれません」

まさか俺のせいにする気なのか。俺のせいでこれまで準備してきたものが水の泡になってしまったというのか。ペースを守らなかったのは内田じゃないか。それをうまく制御できなかったのは松浦じゃないか。俺のせいにするな。

淡島は厚い雲に覆われて真っ黒になっている空を見上げた。雨は激しさを増してラジオノイズのような音を立てていた。

「それで内田さんはどうしてる」

「落ち込んでます」

それはそうだろう。パラリンピックに近づくために、ここで世間に自分の力をアピールしておきたかったのだ。普段から大口を叩いている内田がゴールすらできなかったとなれば、厳しい目で見られることになる。

「伴走者は速いだけじゃダメなんですね」

淡島はもう松浦の話を聞いていなかった。

地面に落ちた雨はトラックの端の溝へ集まり勢いよく流れていく。どこにあったのか、拳ほどの大きな石が転がりながら濁流に押し流され、やがて見えなくなった。

全てを完璧にコントロールする。それが淡島の考える理想のレースだ。機械のように精密な肉体と精神で走りきるレース。その理想に内田は完全に応えていた。他人をコントロールするのは、自分自身をコントロールするよりも遥かに難しい。その難しいことを二人はここまでやってきたのだ。

俺は内田を勝たせたい。

「今後のレースはぜんぶ俺が伴走します」淡島は内田に会って頭を下げた。

「この間サボった分はギャラから引いておくぜ」内田はそう言って指をパチンと鳴らした。

坂を下りきった三四キロ地点で、円形交差点をゆっくりと右に回り、直線に入る。ここから延々と上り坂が続くのだ。もうタイムを見る必要はなかった。記録を狙うのではないのだ。勝つのだ。勝利を手にするのだ。それには先を行くホアキンにもう一度追いつき、ただ追い抜けばいい。

緩やかな上り坂は日に照らされて、道の両側にある石造りの建物が白く光っていた。熱を帯びた空気がゆらゆらと動き、先を行くホアキンたちのシルエットが歪んで見えた。その背中はまだ遥か先だ。

坂の途中で淡島はふと左側を見た。派手な色に塗られた家が建ち並ぶ中、一軒だけ何の装飾もされていない真っ白な建物があった。他の家とは違ってベランダもなく、低い塀に囲われた小さな庭に植えられた木が涼しげな影を作っていた。

「ちょうどこの左が革命家の家です」淡島が知らせると内田は「ん」と鼻だけを鳴らして答えた。

「今日はどうします。走りますか」淡島は聞いた。レースの前日には完全休養する選手もいるが、軽く汗を流して代謝を整えるほうが良い場合もある。

「必要ない」内田は断った。

いよいよ翌朝は八時半からレースが始まる。

「俺の体調は万全だ。それよりも革命家の家に行きたい」

かつてこの国の革命を導き、今でも英雄とされている男だ。内田はその男の住んでいた家に行きたいと言ったのだ。

「そんなところへ行ってどうするんですか」

「一人で国を変えた男をここで感じたいんだ。俺も何かを変えられるようにな」

内田は自分の胸を叩いた。

革命家の暮らしていた邸宅は文化遺産として保存されていた。中に入ることはできないが、外から様子を窺い知ることはできた。淡島は金属の柵に囲まれた瀟洒《しょうしゃ》な建物の前に立ち、目に入る限りの色や形を内田に伝えた。

「触りてぇな」内田は真剣な表情で言った。

いつもどこか飄々《ひょうひょう》として、人を小馬鹿にしているような男が、一軒の家の壁に触れたいと本気で言っている。

淡島は柵に隙間がないかと邸宅の周囲を回った。路地の奥に邸宅を管理する者の詰めている小屋があった。淡島は小屋の中を覗き込み、浅黒い肌の老人に声をかけた。

「この男が邸宅の壁に触れたいと言っています」そう言って内田を指さす。

「誰も触れることはできないよ。外から見るだけだ」

むろん、初めからできる相談ではなかった。

「彼は視覚障害者なんです。見ることはできません」淡島は食い下がった。柵の外にいては革命家を感じることはできない。もっとも触れて感じることができるとも思えないが、それでも内田の願いを叶《かな》えてやりたかった。

「なぜ目の見えない者がここに来たのだ」

「彼自身を変えるためです」

「お前は何者だ」

老人は怪訝そうな表情になった。

「俺は伴走者です」淡島は胸を張った。「革命家にだって伴走者はいたでしょう」

伴走者はレースを共に走るだけの存在ではない。誰かを応援し、その願いを叶えようと思う者は、みんな伴走者なのだ。

内田の願いを叶えるのが、ここにいる俺の役割だ。伴走者としての俺の役割なのだ。淡島の必死の願いを聞き、老人は静かに目を閉じた。目尻から涙がこぼれ落ちる。

「儂《わし》が彼の伴走者だった。彼の革命をすぐ側で見つめてきたのだ」濁《にご》りのない瞳は淡島の遥か後ろを見つめているようだった。

老人は柵の扉に大きな鍵を挿《さ》し門扉を開いた。門の開く音に内田の顔が緩む。

「建物までは三〇センチほどの丸い石で道がつくられています」淡島は素早く足元の状況を伝えた。ここで足を痛めてしまっては、わざわざ来た甲斐がない。内田は頷き、ゆっくりと歩を進めた。

「ここに壁があるってのは、わかるんだよ」

「見えなくても？」

「壁のある方向からは音が来ないからな」

「へえ」以前の淡島なら驚きを隠しただろう。障害者に対して失礼なことを言っているのではないかという怯《おび》えがあったのだ。だが、今はそうした感情はなくなっている。おかしければ笑い、知らないことに出会えば驚く。当たり前のことだが、内田と長く付き合っている間に、ようやく素が出せるようになっていた。

「それが解るまでには、三年くらいかかった」

「音が無いことに気づくのに？」

「最初のころは必死で音を聞いてたんだよ」

「今は聞いていないんですか」

「ああ。聞いていない。耳で見ている」

「見ている？」淡島は首を傾げた。

「晴眼者は周りの様子を見ながら、いろんなことを同時に把握するだろ。それと同じことだよ」

「同じことって」

「どこからどんな音が聞こえているかを意識せずに聞いている。言ってみれば、音で観察しているようなものさ。たぶん先天性の連中とは感覚が違うんだろうけどな」

晴眼者も何かを意識的に見ているわけではない。視覚の中に自然に入ってくるものから、様々な情報を受け取っているだけだ。この人はそれを音でやっているのか。

「それじゃ、俺がここにいることも」

「見えている」

「でも俺の顔を見たことはありませんよね」

「そりゃそうだ。いいか、お前は俺の頭の中では、かなりいい男にしてやってるんだから感謝しろよ」内田はそう言って笑った。

淡島の案内で内田は建物の際に立ち、そっと手で壁に触れたあとしばらく黙り込んだ。淡島は何か問いかけようとしたが、彫像のように静かにその場に立ち尽くす内田の姿に声をかけることをやめた。


三六キロから三八キロにかけては道幅が極端に狭くなり、坂はそれまで以上に急になった。

坂を上りながら、巨大な墓地を回り込むように大きく右へカーブする。長いカーブなので、体のバランスが知らず知らずのうちに崩れてしまいそうになる。カーブが終わったところで道は一度平坦になる。急に足が楽になった。だがすぐ目の前に急な坂が待っている。

「まもなく最後の登坂です」淡島が伝える。

ここだ。この坂だ。まるで壁がそびえ立っているように感じる。

「きついですよ、踏ん張って」そう言って淡島自身も腹に力を入れる。俺も辛い。ふくらはぎが悲鳴を上げそうになった。

急に内田の呼吸パターンが変わった。二度吸って一度吐く。かなり苦しいのだろう。あれだけの転倒をしたのだ。体に痛みが残っていないはずがない。

坂を上りきったところから、やや坂を下ったところにある交差点を左折する。海へ向かう一直線だ。ここでようやく平坦な道に戻るが、街路樹のシュロ以外に風を遮るもののほとんどない道では、正面から吹き付けてくる風がレース終盤の体に重くのしかかってくる。

前方にホアキンの姿が見えた。細い体が一回り小さくなったように見える。おそらくホアキンも相当苦しいはずだ。

淡島は、顎を引いて体の中心を懸命に保とうとしながら走る内田を見た。この人は、絶対に諦めない。

今、二人は一心同体だ。腕の振りも足の運びも完全に一致している。歩数も歩幅も一寸と変わらない。手と手をつなぐ一本のロープから互いの気持ちが伝わってくる。

「走っている間だけ、俺は自由になれる」

内田はそう言っていた。だがそれでも淡島には内田の心の奥底にあるものが、まだわからない。

「いいか淡島、俺は死ぬ気で走るぞ」内田が声を出した。

「はい」

「お前は俺に勝つつもりで走れ」

バカにするなよ。淡島の胃がふいに熱を帯びた。俺だって現役のランナーだ。負けるわけがないだろう。そう考えて淡島はハッとした。今まで勝ち負けよりレースをコントロールすることにこだわってきた俺が、内田に負けたくないと考えている。この俺が勝つことを欲している。

このまままっすぐ進み、海に突き当たったところで右に曲がれば四〇キロのポイントだ。広々とした道の先には真っ青な海が見えている。両側には古いホテルが並び、客室の窓から覗く人々が大きく手を振っていた。

あとは全力で走りきるだけだ。どちらが先にスタジアムに飛び込むかで勝負は決まる。

俺は信頼に応えるために走っているのか。伴走者はそのためにいるのか。

次々に変わる景色は遠く正面からやってきて、あっというまに左右へ分かれ、そして後ろへと消えていく。その全てがまるでスローモーションのようだった。遠くに見える空も海も、沿道で声援を送る人も、木々や車や建物も、今そこにあるのにもかかわらず、ぼんやりとして輪郭が定まっていない。古い映写機がスクリーンに映し出す映像のように淡く柔らかな色彩が光に包まれている。淡島は走りながら、その光景をぼんやりと眺めていた。まるで眠っているような感覚だった。体が夢の中へ溶けていく。白昼夢を見ながら走っているようだった。右側から照りつける太陽の光が眩しい。淡島は思わず目を細めた。あれほど苦しかった呼吸が、いつのまにか楽になっている。

突然、あらゆる風景から色が消えた。ゆっくりと光が何かに遮られ、辺りが闇に包まれていく。淡島は目を凝らしたが、まるで何も見えなかった。目の前から全てが消えていた。

闇の中で淡島の目に映っているのは内田と自分をつなぐ一本のロープだけだった。その先にあるはずの内田の姿も、ロープを握っているはずの自分の手も見えなかった。他に何もない空間で、ただ一本のロープだけが規則正しく振られ続けている。

いったい何が起きたんだ。淡島は混乱した。こんなバカなことがあるか。あまりの苦しさに俺は幻覚を見ているのだろうか。

何も見えない恐怖。先がわからない不安。それでも淡島は、自分の見ている光景については何も口にせず走りつづけた。余計なことを言って内田を心配させてはいけない。

ふと淡島は、音に気づいた。

周りには誰もいないのに大きな歓声が左右から鳴り響いている。耳に意識を集中すると、歓声の中で自分自身の足音が一定の間隔を刻んでいるのがわかる。足音は心臓の鼓動と混ざり合い、複雑なリズムを奏でていた。そしてもう一つ。ああ、これは内田の足音だ。

暗闇の中で、そこだけスポットライトの光が当たったように内田の足がぼんやりと浮かび上がった。足から腰、背中の順に、次第に内田の体が輪郭を現し始める。肩から伸びた腕の先でロープがしっかりと握られていた。ロープの反対側にあるのは、俺の手だ。

今の淡島には内田とロープしか見えていなかった。

マラソンは自分との戦いだ。長い歴史の中で科学的なトレーニング方法が編み出され、競技のスタイルも大きく変わってきたが、それでも最後の最後にはやはり自分との戦いが待っている。

だが俺たち伴走者は違う。

視界に光が戻った。目の前には海が広がっていた。青かった。この青さを内田にも伝えたい。淡島はそう思った。

海の手前にあるカーブを右に曲がればあとはスタジアムまでの直線だ。

「まもなく全力」淡島は声を出した。思わず叫びたくなる気持ちを抑える。ここで叫ぶ必要は無い。ただ走るだけだ。もういい。あとはどうなってもいい。この二キロを走り抜く。そのために俺たちはここに来たんだ。

内田のギアが入った。トップスピードで走り出す。速い。ここでまだこのスピードが出せるのか。なんという体力だ。

「ホアキンまで二五」

ホアキンの背中がどんどん大きくなってきた。行ける。追いつける。このスピードなら必ず捕まえられる。

「行ける、行けます」

「うあああ」内田が吠えた。

あと一〇。スタジアムに入ればあとはトラックを一周するだけだ。なんとかそこまでに並びたい。

内田とホアキンは同時にスタジアムへ飛び込んだ。びっしりと埋め尽くされた客席から一斉に大きな歓声が沸き起こる。

淡島は自分の肉体の動きを内田に合わせることに集中した。俺は存在しない。今ここを走っているのは内田だけだ。俺も内田だ。コンマ一秒たりとも動きをずらさない。一ミリも狂わさない。俺は完全に内田に一致する。それが伴走者だ。

淡島はちらりと横目でホアキンを見た。エンリケスと目が合う。苦しそうに顔を歪めていた。ホアキンとまったく同じ表情をしている。そうか。この二人も俺たちと同じなんだな。

ゴールまであと五〇メートル。淡島はそのことを内田には告げなかった。もうすぐゴールだと思えば気が緩むかも知れない。最後の最後まで、ゴールするその瞬間まで全力疾走するには、ゴールの位置は知らせないほうがいい。

走れ。走れ。走れ。走れ。

最後の瞬間、淡島はロープから手を離し、ほんの少しだけ後ろへ下がった。伴走者が先にゴールしてはいけない。

　四人が塊となってゴールを駆け抜けると、競技スタッフの手からゴールテープがゆっくりと抜け落ちていった。音が消え、全てがモノクロームの映像のようになる。

「どうだ」荒い息のまま内田が聞く。

　結果は淡島にもわからなかった。内田とホアキンは完全に同時に飛び込んだように思えた。電光掲示板の表示に目をやる。結果はまだ何も映し出されていない。確認しているのだろうか。それほどの僅差なのか。

　一位の欄にホアキンの名が点灯した。歓声がスタジアムに響き、地鳴りとなって淡島の足を震わせた。

「そうか」淡島がまだ何も言わないうちに内田はそう言った。「負けたんだな」

　この歓声は地元選手の勝利を祝うものなのだ。内田はゆっくりと腰を折り、膝の上に両手を置いた。丸くなった背中がまだ激しく上下している。

「本当にすみませんでした」淡島の目から涙がこぼれた。あのとき俺がちゃんと見ていれば、内田を転倒させなければ、まちがいなくホアキンを抜き去り堂々と金メダルを獲ることができたのだ。内田はパラリンピックへの切符を手にすることができたのだ。それなのに、俺のせいで、俺がちゃんと役割を果たさなかったせいで。思わず嗚《お》咽《えつ》が漏れ、息が苦しくなる。

「淡島」うつむいたまま内田が声を出した。

「なんですか」

「観客に挨拶だ」

淡島は顔を上げた。

「こっちです」淡島は内田の肘を持って、メイン席の前に立たせた。

「一時の方角へ」観客のいる方向を教える。

頭を下げるのかと思いきや、内田はいきなり両手を高々と掲げ、そのまま大きく振った。まるで優勝したかのような態度だった。客席から大きな歓声があがった。

「すごい。すごいですよ」淡島は思わずスタジアムをぐるりと取り囲む客席を見回した。観客たちは誰もがその場に立ち上がり、手にしている旗や帽子やタオルを振り回していた。自国のヒーローと最後まで競った男を、温かく祝福していた。

「ああ」内田はニコリとした。「見えている」

「え？」

「お前が見ているものを、いま俺も見ている」そう言って内田はそっと淡島の肩に手を置いた。「お前がちゃんと見てくれたら、俺にだって見えるのさ」

「俺は」

「お前は伴走者だ。俺の目だ」

俺は伴走者だ。そして、この人が俺の伴走者なんだ。

大会の運営スタッフなのだろう。若い女性が真っ赤なタオルを持って二人に近づいてきた。恥ずかしそうに目を伏せたままタオルを静かに差し出す。淡島は内田の背中へ回り込み、受け取ったタオルを内田の両肩にふわりと掛けた。太陽の香りがした。

淡島はもう一度客席を見上げた。その向こう側に広がる青い空に、小さな雲が二つ並ぶようにして浮かんでいた。

冬・スキー編

まるで頭に薄い紗幕《しゃまく》がかかっているように、何もかもがぼんやりとしていた。昼休みが終わったばかりのオフィス内には気だるい空気が漂《ただよ》い、強すぎる暖房がこの場にいる者たちの眠気を誘っていた。遠くでは携帯電話の着信音が鳴っている。窓の外に見える空はどこまでも灰色の雲に覆われ、その雲を背景にして細かな雪がちらついていた。今年は冬の到来が早い。先週末から降り始めた雪は溶けることなく、北の街を覆い、あらゆる人の営みを視界から隠そうとしていた。まだ銀世界には程遠く、薄茶色に染まった雪の合間から覗くアスファルトは濡れて黒々と照っている。だが、いずれそれらも白になる。

誰かに名前を呼ばれた気がして、それまで窓の外に顔を向けていた立川涼介《たちかわりょうすけ》は、椅子の下から蹴《け》り上げられたかのように不意に立ち上がった。深い思考の底から引き上げられた意識が急にはっきりとしてくる。口を固く結び、ゆっくりと周囲を見回した。

涼介の視線は、フロアに並ぶ殺風景な事務机の上を滑ったあと、田所《たどころ》課長の四角い顔で止まった。視線が合う。やはり呼ばれていたようだ。

涼介はデスクの上に手を伸ばし、手帳を大きな手で摑み取ると、特に慌てる様子もなく田所の元へゆっくりと向かった。

「課長」

「さっきから何度も呼んでるんだぞ」田所はいつも困った表情をしている。

「はい」

「はいじゃないよ」

涼介は無言で頷いた。長身の涼介が側に立つと、どうしてもかなりの高さから見下ろす格好になってしまう。田所の頭頂部が透けて見えた。

「星霜《せいぞう》さんとの話はどうなったんだ」

「ああ、とりました」

「本当か。だったらどうしてすぐに言わないんだよ」田所は憮然《ぶぜん》とした口調になった。

北杜《ほくと》乳業は東北地方を中心に事業を展開している中堅の乳業メーカーだ。涼介の所属する営業二課では、主に菓子メーカーに原材料となる乳製品を卸《おろ》していた。

報告書は毎日出しているのだから、ほとんど決まっていた契約がとれたからといって、今更騒ぐこともないだろう。涼介は唇をすぼめた。口先が尖ると、もともと細い顎がさらに細くなる。

「たいした金額じゃありませんから」

「おいおい、何を言ってるんだ。長期じゃないか。年末がとれたのは大したものだよ。よくやったな」

田所は両方の手のひらを胸の前でパタパタと振った。

昨日今日の話ではない。この数ヵ月ずっと真剣に取り組んで来たのだ。涼介にしてみれば結果が出るのは当然のことだった。

「どうも」淡々とした表情は変わらない。

態度こそ悪いが涼介の営業成績は常にトップクラスだ。実力主義者の涼介にとっては結果が全てだった。強い者が讃《たた》えられ、弱い者が切り捨てられるのは当たり前の話だし、それは人生だって同じことだ。能力のある者だけがより上へと進む。弱い者や能力の無い者がそれなりの人生しか送れないのは、仕方のないことなのだ。

「まったく無愛想なやつだな」

田所は浮かし気味だった腰を下ろすと深く椅子に座り直した。顎の先で電話を指す。

「それはそうと、町田《まちだ》さんがお前をお呼びだ」

「専務の？」

「ああ。用件はわからんが、手が空いたら来てくれと」

涼介の小鼻が膨らんだ。町田は広報宣伝を担当している役員だ。一営業部員が呼ばれるようなことはあまり考えられない。

「仕事とは関係ないそうだ」田所はやたらと力の入った声を出して、一人で何度か頷いた。責任が降りかかることはないと自分を安心させているらしい。

涼介は口の中でモゴモゴと小さな音を立てたあと、軽く一礼してそのまま廊下へ続くドアへと向かった。

「どうして立川が呼ばれたんでしょう」

高くざらついた声が耳に入り、ドアの前に立った涼介はちらりと視線をフロアに戻す。主任の亀村《かめむら》が首を縮めるような格好をして、隣の席から田所に顔を向けていた。

「俺にもわからんが、直々のお呼びなんだとさ」

「あれでもう少し愛想がよければ、役員にも気に入られるんでしょうけどねぇ」

「ま、そうだな」

田所はすぐに興味を失ったようで、デスクに積まれた書類の束を手に取り、静かに目を通し始めた。

涼介は軽く目を閉じる。愛想など要らない。それはできない者の言いわけでしかない。結果を出せばそれでいいのだ。能力も無く努力もせず、ただ文句だけを唱える連中は多いが、俺はあんな連中にはならない。

廊下に出た涼介はドアを閉じる前にもう一度、室内にそっと目をやった。


エレベーターで役員フロアに上がり、無機質なオフィスビルには似つかわしくない木製のドアをノックするとすぐに返事があった。ドアを開けると、応接セットのソファにどっかりと腰を下ろした町田専務は涼介に顔を向けることなく手招きをした。手の動きに合わせてベルトの上に載った腹の肉が弾む。涼介が一歩足を踏み入れると、町田の向かい側に座っていた男が無駄のない動作ですっと立ち上がった。紫色のジャージに黒いウインドブレーカーを羽織っている。がっしりとした体の上に載った頭は髪が短く刈り込まれ、よく日に焼けた肌と相まって精悍《せいかん》な印象を与える。長谷川《はせがわ》洋一郎《よういちろう》。北杜乳業アルペンスキー部の監督だ。

涼介は眩しいものを見るように目を細めた。どうしてここに長谷川がいるんだ。

東北の企業らしく、北杜もウィンタースポーツには力を入れている。中でもスキー部は創設以来、アルペン、ノルディックともに有力選手を何人も世に送り出していた。

「久しぶりだな、リョウ。調子はどうだ」長谷川の声は妙に明るかった。

「ああ」涼介は返事にならない返事をする。

「相変わらず無愛想だなあ」長谷川はソファを回り込んで町田の横に立った。

「やあ立川君。まあ、座って」

町田に促されるまま涼介はソファに浅く腰を下ろした。何を言われるのか見当も付かない。

ローテーブルに秘書がコーヒーを置くのを待ってから、町田は長谷川に一度視線をやったあと、涼介の顔を覗き込むように上体を傾けた。

「ずいぶん頑張っているらしいね」

「ええ、まあ」涼介は曖昧《あいまい》に答える。同期の中では常にトップの成績を保っている。役員会でも何度か話題になったと聞いているが、いまさら褒められるような話ではなかった。

空は曇っているものの、大きな窓から差し込むぼんやりとした光は、窓際に置かれた観葉植物を静かに照らしていた。

「うちに来てどれくらいだったかな」

「新卒で入って一二年です」

「ああそうだ。君は新卒だったな」

涼介は町田の隣に立つ長谷川の神妙な顔つきが気になっていた。

「CSRはわかるかな」町田はいきなり話題を変えた。

涼介は首を横に振った。宣伝用語だろうか。横文字には強いほうだが聞いた事はなかった。

「企業の社会的責任、社会貢献だよ」町田は自分の膝をぴしゃりと叩いた。「それでパラに参加することにしたんだ」

涼介は身じろぎもせず黙って町田の顔を見つめる。

「障害者スポーツだ」

パラリンピックのパラか。涼介は困惑した表情のまま頷いた。話がどこへ向かおうとしているのかが、まるで見えない。

「ところで、立川君は学生時代、長谷川君のライバルだったそうじゃないか。どうしてスキー部に入らなかったんだ」

「一般枠ですから」

涼介はスキー部員として入社したわけではない。入社した時にはすでにスキーの世界から引退していた。確かに学生時代にはトップレーサーの一人として、オリンピックやワールドカップへの出場も期待されていたが、元々プロスキーヤーとして生きるつもりはなく、大学四年のシーズンが終わると周囲の反対を押し切り、あっさりと板を脱いだ。もちろんスキー部があることは知っていたが、北杜乳業はあくまでも故郷の有力企業として就職先に選んだだけで、現役を引退した長谷川がスキー部の監督として赴任して来たのは、それから何年も経ってからのことだ。

涼介は目だけでちらりと長谷川を見た。お前はライバルなんかじゃない。現役時代は俺の方が圧倒的に速かっただろ。

国内ランキングトップで臨んだ最後のレース。いくら続けてもあの日以上の成績は望めなかっただろう。どんどんランキングを落としながらも一縷《いちる》の望みを懸けて大会へ参戦し続ける者もいるが、それは涼介の美学に反する。弱い者は切り捨てられる。強くなければ意味がない。だからこそ最速のレーサーでいる間に、最高の舞台での引退を決めたのだ。

窓から差し込む光がふっと弱まり、室内が薄暗くなった。ちらついていた雪がいつのまにか勢いを増し、視界を白く塗り始めていた。

「パラを君に任せたい」いきなり町田は言った。低いがしっかりとした声だった。

涼介は一瞬、自分が何を言われたのか理解できなかった。激しく瞬《まばた》きをする。

「立川君もパラリンピックは見たんだろう」

涼介は黙って頷いた。二〇二〇年に東京で開催されたパラリンピックでは、オリンピックからの熱気が続いたこともあって、メディアは大々的な報道を展開した。義足の高跳びや車椅子のトラックレースなど、いくつかの種目ではスター選手も現れ、涼介自身も仕事の合間にテレビ中継を見た記憶がある。だが、大会が終わって数年も経てばメディアが障害者スポーツを取り上げることはなくなり、今や世間からも関心はすっかり消えている。どうして今更参加するのか。

「今時の企業には応分の社会貢献が求められる。そういう時代なんだな。我が社は食品に関わっているから事業そのものが社会貢献という面もあるんだがね」町田は嬉しそうに説明を始めた。

企業がスポーツチームを持つことは珍しくないが、パラスポーツに力を入れているところは少ない。大手では自動車メーカー、電機メーカー、建設会社などの一部が、それぞれパラスポーツのチームを支援しているが、多くのパラスポーツ選手は個人で練習し、個人の資格で試合に臨んでいる。だからこそ北杜乳業の参加は大きな話題になるはずだ。

「だからまあ、広報戦略の一環と言っていいだろう」

「うちが参加するのは冬だ。パラスキーはさすがに知っているよな」長谷川はそう言って両手でストックを持つ格好をした。

障害者スキーの大会は健常者と同じ会場、同じコースを使って行われるため、涼介も障害者が片脚で滑ったり、チェアスキーと呼ばれる専用のマシンで滑ったりしている姿を見たことはある。だが、それを任せたいとはどういうことなのか。

「参加すること自体で充分広報にはなるが、やる以上はそれなりの結果も欲しいのだよ」町田は身を乗り出し、大きな目で涼介の顔を覗き込んだ。

「来年三月に白野瀬《しらのせ》で新しく開催されるパラスキー大会で選手を本格的にデビューさせ、同時に入賞を狙いたい」そう言ってソファに深く座り直し、膝の上で両手を握り合わせる。

「立川君。君でなければこの役目は務まらないそうなんだ」

涼介はゆっくりと視線を落として自分の靴《くつ》に目をやった。長谷川が何を吹き込んだのかはわからないが、面倒くさい話になった。いずれにしても俺はもうスキーの世界に戻るつもりはない。今は営業という新しい場で戦っているのだ。

「無理です」ボソリと言った。そもそも俺は自分が勝つことにしか興味が湧かない。勝てなくなったあともスキーから離れようとしなかった長谷川とは違う。いまさらスキーも他人の指導もごめんだ。

「リョウ、勘違いするな。お前には昔のように滑って欲しいんだよ」

滑るとはどういうことだ。涼介の鼻に皺が寄った。俺にパラスキーの指導者をやれという話ではないのか。

「お前にはアルペンのガイドレーサーをやってもらいたい」

涼介はすっと顔を上げた。長谷川は腕を組んでいる。

「視覚障害クラスの伴走者のことだ」

耳慣れない言葉に涼介の口が半開きになる。

「視覚障害ってことは、つまり目が見えないのか」

一本のロープの両端で選手と繋がり、共に走る陸上競技の伴走者ならテレビでも見たことはあるが、スキーにも伴走者がいるのか。伴走者はいったい何をするんだ。ロープはどうするんだ。疑問が次々に湧き上がってくる。

アルペンスキーとは簡単に言えば、雪面に立てられた旗門を縫《ぬ》うようにして、斜面をいかに速く滑り降りるかを競うスピード競技だ。コースの長さや旗の間隔などによって種目は分かれるが、中でも最速と言われる人気種目のダウンヒルでは、時速一〇〇キロを超えるスピードが出る。華麗だが常に危険と隣り合わせの競技なのだ。

「目が見えないのにスキーができるのか」

「だからガイドレーサーがつくんだよ。選手の前を滑りながら声で誘導するんだ」

文字通りの案内人というわけか。涼介はテーブルの上へ手を伸ばしたが、コーヒーの入ったカップを手に取る直前で止めた。もう一度顔を上げて長谷川をまっすぐに見る。

「なんでお前がやらないんだ」

一緒に滑るだけなら長谷川でもいいはずだ。むしろ俺よりもキャリアは長い。

「リョウじゃなきゃダメなんだ。日本最速のレーサーだったお前じゃなきゃ」長谷川も涼介の目をまっすぐに見返す。

耐えきれずに涼介は目を逸《そ》らした。何が日本最速だ。急にお世辞めいたことを言いやがって。

「もちろん結果を出せば立川君の査定にはかなりのプラスになるだろう」それまで二人のやりとりを見ていた町田が口を挟む。

涼介は薄《う》っすらと笑みを浮かべて町田を見た。いったい専務は何を考えているんだ。スキーなどにかまければ、ここまで積み上げて来た営業成績が止まってしまう。そのほうが査定に影響するに決まっているだろう。

だが、町田の目は鉱石のように冷たい光を帯びていた。どうやら冗談ではないらしい。

「考えます」涼介は顔を伏せて、何とかそれだけを答える。

「そうだな。よく考えた上で引き受けて欲しい」きっぱりした口調だった。

涼介の奥歯がギリと音を立てる。これは逆らうことのできない業務命令なのだ。

「では、仕事はどうするんですか」そう言ってゆっくりと顔を上げる。さすがにいくつもの案件を同時に進めている涼介を現場から外すわけにはいかないはずだ。

「田所君には私から話しておく。あとは君が工夫してうまく両立させてくれ」

涼介の口端が大きく歪んだ。さすがは広報担当の役員だな。営業を何もわかっちゃいない。トップの座を守り続けるために俺がどれほどの努力をしていると思っているんだ。

「心配するな。リョウなら大丈夫だよ」長谷川が歯を見せる。

気軽に言いやがって。涼介は長谷川を睨みつけた。苛立ちを隠さず、踵《かかと》で小刻みに床を叩く。

どんなスポーツにおいても、アスリートは長い時間をかけ、地道なトレーニングを積み重ねながら力をつけていくものだ。たとえ北杜スキー部にこれまでの実績や伝統があっても、初めて挑戦するパラスキーで最初から結果を出せるはずがない。勝てないとわかっているレースに無駄な時間を使うだけでなく、そのせいで仕事まで滞《とどこお》るかも知れないのだ。馬鹿馬鹿しい。

「どうせ選手だっていないんだろ」

やっぱりこんな話は受けられない。涼介はゆっくりとソファから立ち上がった。

長谷川が窓の外に目をやるのに釣られて、涼介の視線もそちらへ向かう。

「選手の目処《めど》は立っている。問題は選手よりも伴走者だ」遠くの山を見ながら長谷川は真剣な顔つきになった。

その週末、長谷川に連れられて涼介が訪れたのは、会社からほど近くにある小さな町営のスキー場だった。この辺りには有名なスキー場がいくつもあるため、一般のスキー客が来ることはほとんど無く、主に地元の少年団と北杜乳業のスキー部だけが利用しているという。

引退して以来、ほとんどスキーを履いていない涼介がここへ来るのは初めてだ。ゲレンデの麓《ふもと》は朝の光が雪面に反射して眩しかった。冷えるが天気はいい。

階段を上がってロッジの中に入ると、すでにスキー部員たちが練習の準備を始めていた。八〇畳ほどもある広いメインルームにはいくつものテーブルが置かれ、荷物が無造作に広げられている。

「黒磯《くろいそ》さんは？」長谷川が部員の一人に尋ねた。

「いらっしゃってますよ。いま呼んで来ます」そう言って部屋を出て行く。

涼介と長谷川は部屋の隅にある木製のベンチに腰を下ろした。壁にずらりと吊《つ》るされているウェアは少年団のものだろう。そのすぐ手前では制服を着た高校生らしき女の子が二人、スマホを手にしながら、ひそひそ声で何やら話をしている。

「俺はお前の顔を立てただけだからな」前を向いたまま涼介はボソリと言った。はなから伴走者をやるつもりはない。専務に言われた手前、形として長谷川に付き合うだけだ。

「ああ、わかっている。それでも会うだけは会ってくれよ」長谷川は涼介の肩を軽く叩いた。

町営にしてはやけに設備が整っているのは、北杜が相当な支援をしているからだろう。脱衣所とシャワールームは複数あり、隣の部屋にはキッチンも備え付けられている。その気になれば宿泊もできるようだ。

「おはようございます」急に大きな音を立てて戸が開かれ、男の子たちが勢い良く飛び込んできた。

「おはよう」長谷川も笑顔で挨拶を返す。男の子たちはそのまま部屋の奥にある階段を二階へ駆け上がって行った。北国の小学生たちはこうした少年団に入ることが少なくない。俺もあんな感じだったんだろうな。涼介はどこか懐かしい気持ちで子供たちの後ろ姿を見ていた。涼介の育った町はここからそれほど離れていない。きっと今でも少年団はあるはずだ。

「長谷川さん」

低い声が聞こえて涼介は首を反対側へ回した。

長谷川の向こう側に、丸々とした男性が皺だらけの顔いっぱいに笑みを浮かべて立っていた。歳は六〇過ぎといったところか。真っ黒なウエアには金色の太いラインが入っている。

「ああ、おはようございます」長谷川がすっと立ったので、涼介も慌てて立ち上がった。横幅があるせいで随分大きく見えるが、男性の背はそれほど高くなかった。

「この人だね」男性は大声で聞いた。

「ええ」長谷川は男性に答えてから、涼介のほうへ顔を向けた。

「黒磯さんは、一昨年まで伴走者をされていたんだ」

「どうも黒磯です」男性が右手を差し出す。

「あ、立川です」涼介も右手を出して黒磯と名乗った男性の手を握った。大きくはないが、分厚い手だった。

「もちろん知ってるよ。元ランキング一位。日本最速のレーサーだったんだよな」黒磯は笑顔をさらに崩した。

「それで、おすすめの選手というのは」長谷川が尋ねる。

黒磯は嬉しそうに頷くと、夢中で話し込んでいる女の子たちに向かって声をかけた。

「ほら晴《はる》、挨拶だ」

「あ、どーも」女の子の一人が、顔をやや上に向けてふざけた声を出した。隣にいたもう一人が声を出して笑う。

「こら。ちゃんと挨拶しろ」

「あーい。鈴木《すずき》晴でーす」

ちょうど涼介と黒磯の間あたりに向かってゆっくり頭を下げた。

「惜《お》しいな。もう少し右だ」

「えー」晴は口を尖らせたあと、影が動き出すようにふっと壁を離れると、摺《す》り足《あし》でのそのそと進んでから涼介の前でそっと足を止めた。体がほんの僅かばかり後ろ側へ反っている。

「お前の正面にいるのが、さっき話した立川さん。で、その右側が監督の長谷川さんだ」

すらりとした体は少年のように細長く、ポニーテールにした長い髪が頭の後ろから肩へと垂れていた。ふっくらした赤い頬と小さな鼻の乗った丸っこい顔はどう見てもまだ子供だ。まさかこの子が選手なのか。しかも女の子だと。

「鈴木晴です」挨拶をしたその視線が僅かに涼介から外れていた。

「あ、立川涼介です」

晴は探るように一歩足を進め、ちょうど顔が涼介の胸にぶつかりそうになる辺りで止まると、静かに手を伸ばして涼介の顔に触れた。何をするつもりだ。いきなりの行動に涼介の体が硬直する。晴の指先はほんのりと温かかった。

「お、けっこう背が高い」笑うと笑窪《えくぼ》ができた。

「こら晴、初めて会った人に失礼だぞ」黒磯はそう言うが、怒った口調ではない。

「どんな人かわかんないじゃん」

涼介は戸惑ったような顔で黒磯を見た。

「あの、彼女はやっぱり、その、目が」

涼介は口ごもった。何と言えばいいのかわからない。

「見えませんよお。全盲だから」黒磯が答える前に晴が声を出した。

全盲という言葉に涼介はギクリとした。聞いてはいけないことを聞いてしまった気がする。

「でも、なんで私に聞かないんですか。私は目が見えないだけで、話ができないわけじゃないんですけど」口調はのんびりとしているが、突き放すような冷たい声だった。

ぎゅっと胃を摑まれたような痛みが涼介の腹の奥に走った。確かにそうだ。どうして俺はこの子ではなく黒磯に聞いたのか。

「あーあ、みんなそうなんだよね。バカみたいだよねぇ」晴は後ろを振り返り、壁際に残っているもう一人の女の子に言った。女の子は何も答えず淡々とスマホをいじっている。

「で、先生なの？」晴はいきなり顔を涼介に向けた。口調はすでに元に戻っている。

「え？」

「学校の先生？」

「いや違う」

「お？」晴は驚いたような声を出した。

「どうして晴は立川さんが先生だと思ったんだ」

「偉そうっていうか、冷たい感じがするから」

「おい、なんてことを言うんだ。すみません」黒磯が慌てて謝る。

「だって黒磯さんが聞いたんだよ」

涼介は黙ったまま晴を見た。確かに俺には冷たいところがある。だが、なぜわかったのか。

晴は顔を上げ、鼻を突き出すような仕草をした。肩に乗っていた髪がぱらりと落ちる。

「でも、立川さんの声、私けっこう好きかも」

何なんだこの子は。涼介は思わず左側に立つ長谷川を見て、小さく首を左右に振った。この子が選手なのか。この子を大会に出すというのか。

午後、長谷川と黒磯からの提案を受けて、涼介は実際に伴走する様子を見ることになった。選手に会うという約束でここまで来たのだ。伴走者になるのはもちろん断るつもりだが、いちおう滑るところくらいは見ておいてもいいだろう。

目を閉じて滑ることを想像すればすぐにわかるが、視覚を使わずにスキーを滑るのは不可能に近い。雪面は一定ではないのだ。天気や温度に大きく影響される上に、他のスキーヤーが残す轍などもあり、雪の条件は刻々と変わっていく。ほんの一瞬で長い距離を移動するアルペンスキーでは、変わり続ける雪面の状況を読み取らなければ大きな事故につながりかねない。濃い霧が発生すればレースが中止になることもある。だが、目が見えずにどうやって雪面を読み取るというのか。どうやって起伏を避け、旗門を通過するのか。 あり得ない。

おそらく視覚障害クラスのスキーは、これまで涼介がやってきたレースとは別物なのだ。ガイドレーサーなどという大袈裟な名前はついているが、要するにインストラクターだ。スキースクールで初心者の子供に教えるのと同じように、自分は後ろ向きに滑って選手を誘導しながら、ゆっくりと斜面を降りていく。涼介はそんなイメージを思い浮かべていた。

ゲレンデは、ちょうど半分あたりで傾斜が大きく変わっていて、山側はかなりの急斜面に見えた。斜面の変化する境目にはリフトの中間点があり、ここで降りれば、やや緩い傾斜で練習することができる。涼介は中間点から滑り出すものだと思っていたが、黒磯は大きく手を振って、ストックで山頂を差した。

朝とは違って空は厚い雲で覆われていた。雪を斑《まだ》らに冠《かぶ》った山の尾根が鋸歯《きょし》になって灰色の空を切り取る。

リフトを降りてスタート地点に立つと、予想した通りの急斜面だった。眼下に広がる雪面には旗門が立てられ、いつでも実践的な練習ができるようになっている。雪は湿り気を帯びて柔らかく、氷を削りながら滑る県央部の練習コースとはまるで感触が違っていた。スピードレースには向かないが回転なら相当楽しめそうだ。だが、涼介は速さこそがスキーの醍醐味《だいごみ》だと考えている。人間が動力に頼らずこれほどの速度で移動できるのはスキーと、あとはスカイダイビングくらいのものだろう。

「ここでやるのか」涼介は聞いた。

「障害者スキーは健常者と同じコースでやるんだ」隣に立った長谷川は紫色のウェアを身につけている。北杜スキー部の公式ウェアだ。涼介も今日は同じものを借りていた。

「本当に大丈夫なのか」

「滑るところを見れば、リョウにもわかるさ」長谷川はニヤリとする。

借りたばかりの板を履いて準備地点に立ち、涼介は体を大きく伸ばした。ちゃんとストレッチをしておけばよかった。ゆっくり息をすると鼻の奥から流れ込んだ空気が肺を冷やす。微かに雪の匂いがした。

真っ赤なウェアにヘルメットを被った晴は、リフトから降りると涼介と長谷川の前を素早く通過して急斜面ギリギリの地点に立ち、そこで両足を揃えた。ウェアの上から被った黄色いビブスには大きくBと書かれている。晴は首を軽く回したあと、ゴーグルを付け直した。

すっと隣へ近づいた黒磯が晴に話しかける。

「人はいないから気楽に滑っていい。まず最初は急斜面で左側に大きなコブがある」

どうやらゲレンデの様子を説明しているようだった。そのために黒磯は昼前に一度、旗門の下見をしている。黒磯はGという文字の書かれた黄色いビブスを被り、腰には大きなウエストポーチを巻いていた。

「それじゃ、細かいことは後から説明するから、まずは見てくれ」晴への説明を終えた黒磯は、涼介たちに向かって大声を出した。

涼介と長谷川も斜面の縁まで移動する。今から見せてもらうのはダウンヒルの伴走だ。

「せっかくだから、何本かは旗門も通ってみよう」

黒磯はヘルメットの位置を整えた。指先を中に入れて口元にマイクを合わせる。

「あーあー」

ウエストポーチから、キンというハウリングの音に混ざって黒磯の声が響いた。ポーチの中にスピーカーが入っているらしい。

「よし、行こう。ゴー」

黒磯が滑り出した。すぐに晴も滑り始める。涼介も片足を蹴ってスケーティングで前に進むと、そのまま後を追って急斜面へスキーを乗り出した。二人はすでに二〇メートルほど先を滑っている。

ロッジでのおっとりとした雰囲気とは打って変わって、ゲレンデの晴は機敏だった。体の使い方やフォームはめちゃくちゃだが、それでもしっかりと黒磯の後ろについて斜面を滑り降りていく。

涼介は驚きを隠せなかった。想像していたよりも遥かに速い。時速四〇キロ近くは出ているだろう。もちろんトップレーサーほどではないが、アマチュアの上級者が飛ばして滑る時のスピードに近い。

「はい、ターン」黒磯の腰にくくりつけられたスピーカーから声が聞こえるたびに晴は進路を変え、旗門を通過した。何度か大きく体の軸がぶれ、危なっかしい瞬間もあったが、その度にすぐ元の体勢を取り戻した。抜群のバランス感覚だ。いや、バランス感覚だけで滑っている。

もう少し近くで晴の滑りを見たい。

涼介はあえてエッジを効かせず、体重を乗せ替えるだけで板をコントロールしたが、二人との距離はたいして縮まらなかった。

目が見えないのに、どうしてこんなスピードで滑ることができるんだ。どうして旗門を通り抜けることができるんだ。振り返って長谷川を見る。長谷川はわかっているというようにストックを持ったまま片手を上げた。

よし、追いついてやる。涼介は姿勢を低くとって重心を僅かに後ろへ下げた。いくら長いブランクがあるとはいえ、さすがに涼介が本気になれば出せるスピードのレベルが違う。あっという間に距離を縮め、晴から五メートルほどの距離につけた。

周りから音がふっと消えていく。静かだった。板が削る雪の音。黒磯の声。自分の息。聞こえる音はそれだけだ。視界に広がる白い世界の中には赤いウェアと黄色いビブスだけが浮かんでいる。

方向を変えるたびに、晴の板は雪面から浮き上がった。うまくスキーをコントロールできていないのだろう。涼介はさらにスピードを上げ、板先を外へ向けた。

いきなり旗門のポールが目の前で大きく揺れた。晴が通過するときに接触したのだ。危ない。涼介は体を捻るようにしてポールを避ける。急に内側の板が浮いた。外足に荷重し、体重が乗り切ったところで浮いた板を下ろそうとするが、板端が雪に取られて激しく上下に弾む。力で抑えようとするが抑え切れず、体勢が崩れた。

次の瞬間、目の前に現れた小さなコブに板の先が刺さり、涼介は体を大きく回転させて転倒した。激しく何度か転がったあと、そのまま斜面を滑り落ちた。そのすぐ側を長谷川が通り抜けて行く。足から外れた板はさらに一〇メートルほど滑り、そこで止まった。

雪面に腰を下ろしたまま涼介は体の後ろ側へ両手をついて空を見上げた。まさか転ぶとは。視界を埋める空は、相変わらず灰色の重い雲に覆われていた。涼介は大きな溜め息を吐く。

両足の間から斜面の下を覗き見ると、黒磯と晴は遥か先で小さな粒になっていた。その後ろを長谷川が追っている。

板を履き直し、再び滑り始めた涼介は、緩斜面に入ってもスピードを落とさず、そのままゲレンデの端まで滑り切ってから一気にスキーのエッジを立てた。両膝にぐいと力を入れ、わざと雪煙をあげる。目の前には所々に黒い地肌をのぞかせた白い山脈が大きく広がっていた。

ロッジの前まで進み、ビンディングにストックの先を押し付けて板を外す。膝がガクガクと小刻みに震えていた。

「どうだ、久しぶりなんだろ」ブーツのバックルを緩める涼介に、長谷川が声をかけた。

「ダメだ。まるでダメだ」涼介は絞《しぼ》り出すように言った。それなりに体が覚えているだろうと軽く考えていたのだが、甘かった。頭でイメージする動きと実際の体の動きとのギャップには戸惑うしかなかった。硬くなった関節は思い通りに動かず、衰えた筋肉は姿勢を維持するので精一杯だった。

だが、それよりも。涼介はロッジへ向かう晴に目をやった。

「あんなに速いとは思わなかった」

あれはスキーができるというレベルではない。

「目が見えないのに、なぜあんなスピードが出せる？」

たとえ目が見えても、あの速度で滑れる者はそれほど多くはないだろう。これが視覚障害者のアルペンスキーなのか。

「黒磯さんから聞かされてはいたが俺も驚いたよ。間違いなくあの子は本物だぞ」長谷川は珍しく興奮していた。

みんな練習に出たのか、ロッジの中にはあまり人がいなかった。着替えを終えた涼介たちは中央のテーブルにつき、体を緩めた。階段を駆け下りてきた男の子たちが、室内を見回した後、再び大声を上げて階段を駆け上がっていく。

「俺にはあれ以上のスピードは出せないんだ。もう膝がダメだから」

向かい側の席で黒磯は缶コーヒーを一口飲み、ぷはあと息を吐いた。

「俺みたいなのがいつまでもやってちゃいけなかったんだが、伴走者はあまりいなくてね。長野の頃は連盟も力を入れてくれたんだけどさ」

「長野って冬季オリンピックですか？」

「オリンピックじゃなくてパラリンピックだけどね」

長野と言えば四半世紀以上も前の話だ。涼介は小学生だったはずだが、パラリンピックの記憶はほとんどなかった。

「その後ワールドカップにも参加したよ。そんなロートルがずっとやっていたわけ。さすがに歳には勝てなかったけどね」そう言って両手で膝を叩く。笑顔は崩していないが黒磯の口調にはどこか寂しさが滲んでいた。

「アルペンスキーの伴走者が今こんなに少ないのには理由があるんだよ」黒磯は続ける。

二〇二〇年の東京大会以後、障害者スポーツでもメダルの獲得を重視するようになった連盟は、新たな選手を一から育成するよりも最初からメダルを狙える選手の支援だけに注力するようになった。障害者の自立支援という名目の下、自分の力で這《は》い上がれる者だけがサポートを受けられる仕組みに変わったのだ。自立支援と言われると聞こえはいいが、つまりは弱者の切り捨てだ。もともと人気の薄い冬季の競技であればなおさらだ。

「チェアスキーの連中はレベルも高いし、メダルもたくさん獲っているんだけどさ」

障害者のアルペンスキー競技には、立位と座位と視覚障害の三つのカテゴリーがある。障害の程度によってさらに細かなクラスに分けられるが、そもそも視覚障害は選手層が薄い。どれほど素質があったとしても、一歩間違えば大きな事故につながりかねないアルペンスキーを子供にやらせようとする親は少ないからだ。スキー選手を目指す視覚障害者の多くは、クロスカントリーやバイアスロンといったノルディック競技へ流れていく。

新たな選手がいなければ、新しい伴走者も不要になる。こうした悪循環が続いた結果、国際的なアルペン競技に出場できる視覚障害クラスの選手は、日本ではここ数年一人も生まれていなかった。二〇一八年の平昌《ピョンチャン》にも二〇二二年の北京《ペキン》にも、日本から視覚障害クラスのアルペン選手は出場していない。

「今やワールドカップでも、アルペンには日本のブラインドは登録ゼロだからね」

「ブラインド？」

「視覚障害クラスね。正式にはビジュアリー・インペアードって言うんだけど、俺たちはブラインドって呼んでる」黒磯はずっと手に持っていた缶コーヒーをテーブルに置いた。カタと音が鳴る。

「さっき晴が着ていたビブスのBの文字はブラインドのBだ」

涼介は軽く頷く。黒磯のビブスに書かれていたGは、ガイドのGってことか。

「選手も伴走者も高齢化が進んで、日パラに出る選手も年々減っているんだ」長谷川は肩をすくめた。

日本パラ競技大会は国内有数の障害者スポーツ大会だ。夏だけでなく冬の大会も行われているが、そこに参加する選手がいないとなれば、日本には選手が皆無ということになる。

「で、ついに日パラでも、アルペンでは視覚障害クラスのレースそのものが開催されなくなったわけ」

黒磯はそう言ってから涼介に向かってニヤリとした。

「ところが、これだよ」

「ちょ、これって私のこと?」耳にイヤホンを挿してスマホをいじっていた晴が急に声を上げた。どうやらスマホの音声読み上げとこちらの話を同時に聞いていたようだ。

「そう。これだよ」黒磯は晴のすぐ前まで手を伸ばして、リズム良くテーブルをコツコツと叩いた。

北国の視覚支援学校では、体育の授業の一環としてスキーを行うところがある。多くはスキーを履いてみるといった程度のものだが、晴の通う高等部では、希望者にはアルペンスキーを体験させていた。

昨シーズン、伴走者のボランティアとして授業に参加した黒磯の前で、楽しそうにキャーキャーと大声を上げながら高速で滑っていたのが晴だった。他の生徒たちとは明らかに何かが違っていた。どうしてこれまで誰も彼女の存在に気づかなかったのか。彼女なら世界レベルの選手になれるかも知れない。黒磯は晴を競技スキーへ誘ったが、もう黒磯に本格的な伴走は無理だった。

「そこに僕がご連絡したんですね」

「まさか北杜スキー部がブラインドの選手を探しているなんてさ」

「会社の方針なんです」

「俺としても有難い話でね。俺の伴走者仲間はみんな歳食ってるから、北杜さんで伴走者をつけてもらえるならそのほうがいい」

涼介はそっと唇を舐めた。大凡《おおよそ》の流れはわかった。

「世界では現役のレーサーが伴走者をやることが多いんだ」そう言って長谷川は涼介に顔を向ける。

「ふん」涼介は軽く鼻を鳴らす。

確かに黒磯と晴が滑る姿を見て驚きはしたが、あれが現役のトップレーサーのやる仕事だとは思えない。勝てなくなった選手がそういう道を選ぶのはわからなくもないが、所詮は引退し損なった選手たちの逃げ場だろう。

「リョウ。たぶんお前はまだわかっていないだろうな」長谷川はじっと涼介の目を見た。

「オリンピックで金メダルを獲っても、ワールドカップで優勝しても、それはまだ世界最高のスキーヤーじゃないんだよ」

「何言ってる。世界最高だろ」

「やってみればわかると思うが、伴走者のほうが一人で滑るよりも遥かに難しいんだ。だから現役がやるし、むしろ現役でなければ伴走者としての頂点には立てない。伴走者を極めてこそ世界最高のスキーヤーだと言えるのさ」

涼介は目を瞑《つむ》った。トップレーサーが伴走者として滑っている姿がどうも想像できない。さっき見た晴の滑りはまちがいなく本物だし、あれが世界レベルになれば伴走者にもそれなりの技術が要求されることはわかるが、それでも視覚障害者のスキーに、そこまで能力の高い伴走が必要だとは思えなかった。

「ブラインドでも世界レベルになれば時速一〇〇キロを超えるからね」

涼介は目を大きく開き、黒磯の顔を正面から見た。

「トップレベルと変わらないじゃないか」

黒磯はニヤニヤしている。

「それ以上だよ」長谷川は姿勢を正し、説明を始める。

アルペンスキーでは、選手は雪面に立てられたポールを倒しながら旗門を通過していく。そのほうが回り込むよりも圧倒的に速いからだ。コンマ数秒を争う戦いでは、その僅かな差が勝敗を左右する。

だがガイドレーサーはポールに接触することさえできない。もしも伴走者の体がポールに触れてしまえば、視覚のない選手は激しく揺れるポールを把握することができず、ぶつかってしまう可能性があるのだ。だからといってスピードを落とすわけにはいかないため、伴走者はポールに触れないぎりぎりのところを最速ですり抜けていくほかない。

同時に、後ろを滑る選手の位置と速度を確認し、気温や天候によって刻々と変わる雪の状態を見極め、タイミングを計って指示を出す。

そうやって、僅か数メートルしか離れていない二人が時速一〇〇キロを超える速度でゲレンデを駆け抜けていくのだ。最高レベルの技術がなければ伴走者として世界の舞台で戦うことなどできない。

「いいか、リョウ。今、日本に必要なのは最速の選手じゃない。最速の伴走者なんだ」長谷川の声に熱がこもる。

伴走者に能力が無ければ、選手がどれほど速くてもその力を発揮することはできない。それは決して勝てなくなった者の逃げ場などではない。本当に力のある者だけが称賛される勝負の世界だ。

「それがガイドレーサーなんだ」長谷川のこめかみに薄っすらと汗が浮かぶ。

晴は遠くに顔を向けたまま指先だけでスマホを触っていたが、長谷川の言葉にときおり頷いていた。

「だけど、もう視覚障害のレースはないんだろ」

「だから白野瀬なんだよ。今回初めて開かれる大会だから、わざわざ海外の選手を招《しょう》聘《へい》してブラインドのレースも行われる。その代わり、いきなり世界レベルでの戦いになるけどな」

涼介はテーブルの上に置いた自分の指先を見つめた。ガイドレーサーか。頂点を極めたレーサーたちの目指す更なる頂点。ピクンと人差し指が跳ねた。

涼介はふっと鼻から息を吐き、向かい側に座る晴をぼんやりと眺める。世界レベルの選手。

「とにかく大会まで四ヵ月ない」長谷川が難しい顔で腕を組んだ。

「大会？」晴が不思議そうな声を出す。

「北杜乳業の選手として白野瀬パラに出るんだよ」黒磯が笑った。丸い顔が皺に埋もれる。

「私が出る？」

「お前のほかに誰がいるんだ」

「えー、黒磯さん、私、そんなの聞いてない」晴はテーブルを手のひらでパンと叩いた。

「おいおい。競技者登録したじゃないか。忘れたのか」

「立川さんが伴走者？」そう言って晴は口をすぼめる。

「いや、それはまだ」涼介は口ごもった。

「大会って楽しいの？」

「そりゃ楽しいに決まってるさ。立川さんなら俺の伴走よりも、もっと速く滑れるぞ」

「お？」いちいち驚いた口調になるのが晴の癖《くせ》らしい。

「勝てればな」涼介がポツリと言う。

そう、結果が全てだ。どうせやるのなら勝つべきだ。勝たなければ何の意味もない。

「そっかあ。勝てると楽しいのかあ」そう言って晴は両手を前に伸ばし、テーブルに突っ伏す。

大会で結果を出すためには、晴を選手として育てながら、涼介自身も体を作り直し、さらには伴走の技術を身につける必要がある。とてもではないが僅かな期間でできることではない。だがこの子なら……。

「立川さんが伴走者だったら勝てるんだよね？」晴はすっと首だけを回して涼介に笑顔を向けた。両頰に小さな笑窪ができている。

不意に音の塊が体にぶつかってくるような大歓声が涼介の脳裏に甦《よみがえ》った。背筋にゾクッと何かが流れる。勝利した時のあの痺れるような感覚。晴がいれば、俺はもう一度スキーの世界で勝者になれるかも知れない。

「ああ、勝てる」

涼介はテーブルに広がった晴の髪をじっと見つめた。

週が明けると、涼介は北杜スキー部の設備を使ってトレーニングを開始した。いくら業務命令でスキーを優先できるとはいえ、今抱えている仕事もあり、どうしても練習時間は朝晩が中心になる。ゲレンデに出られる時間は限られてしまうが、板を履く前にもやるべきことはいくらでもあった。三〇代の後半に差し掛かった肉体は過酷なトレーニングにすぐさま悲鳴をあげたが、ここで手を抜くわけにはいかない。

「本当に助かるよ」ウェイトマシンの側に立った長谷川は上機嫌だった。

「やらなきゃ、会社で俺の立場が悪くなりそうだからな」口ではそう言いながら、涼介の頭にあるのは勝者だけが得ることのできる栄誉への誘惑だった。

「実を言うと、リョウが受けてくれるとは思っていなかったんだ」長谷川はそう言って涼介が使っているマシンの重りを増やす。

「俺も受けるつもりはなかった」そう言った涼介の頭の中に、雪面を滑る晴の姿が浮かんだ。

涼介はうつ伏せになって足首をバンドに引っ掛けた。左右の膝を交互に曲げて重りを引き上げるとすぐに額から汗が噴き出してきた。最後に両足を揃えて一気に重りを引き上げる。

「ううおお」思わず呻き声が出た。

もともと体には恵まれている。かつて鍛え抜いた筋肉や関節は、刺激を与えるとすぐに反応を始めた。柔軟性の戻りも早く、スキー部専属のトレーナーも驚くほどだった。とはいえ現役だった頃とは根本的に体力が違う。経験と技術でカバーできる面はあるが、ダウンヒルで体にかかる強烈な重力を跳ね返すだけの筋力をつけるには、四ヵ月でもギリギリだろう。

涼介はスキーヤーとして現役に戻るわけではない。伴走者としての基礎的な動きや注意点、指示の出し方などについてゼロから学ぶ必要があった。

平日でも運良く予定が空いていれば、涼介はできるだけゲレンデに出るようにした。

「まずはこれを体験してみようか」黒磯が笑顔でゴーグルを涼介に渡す。二年前に自営の電器店を息子に譲った黒磯は時間の融通が利くこともあり、涼介のコーチ役を買って出てくれていた。

視覚障害と一言で括りがちだが、微かに光を感じることができる者、明暗の差まではわかる者など、障害によって一人一人の見え方は大きく違っている。その差をなくすため、パラスキーの全盲クラスでは視界を完全に遮断するゴーグルを全ての選手が着用することになっている。

ゴーグルを付けてゲレンデのいちばん緩やかな斜面に立った涼介は、背中にじっとりと冷たい汗が流れるのを感じた。怖いのだ。そんなはずはないと頭ではわかっているのに、なぜかすぐ前に急斜面があるような気がして、僅かでも板が滑ると緊張した。

見えないとはこういうことなのか。周りの状況を想像すればするほど恐怖が増していく。

アルペンスキーでは、いかに抵抗を減らし、重力を効率的に利用できるかが勝負のポイントになる。だがどれほどの技術があっても、最終的にコンマ数秒の差を生み出すのは恐怖を克服する勇気だ。勇気を持たない者は勝つことができない。

「見えずにどうやって勇気を保っているんだ」涼介は小さく呟き、首を左右に振った。

「それじゃあ、ゆっくり行こう」黒磯の声がスピーカーから響いた。

恐る恐る足を踏み出す。視界を塞《ふさ》がれた状態で滑り始めると、自分がどれほどのスピードを出しているのかが全くわからなかった。間違いなく斜面にいることはわかるのだが、傾斜の角度がわからない。それどころか自分の重心がどこにあるのかも次第にわからなくなっていく。

現役時代、どれほど困難な雪面でも涼介は恐怖を抑えて滑ることができた。勝利への執念が勇気を奮い立たせてくれた。だが、見えないという恐怖はどうにも抑えられそうにない。

「はい、右へ曲がって」

頼りは黒磯の声だけだった。声に合わせて左膝を内側へ曲げ、エッジ方向へ荷重する。体が右側へ曲がっていくことだけは感じ取れるが、いったいどれほどの大きさのカーブになっているのかは見当が付かなかった。

何度かターンしては止まり、その場で細かく注意を受ける。その繰り返しを続ける中で、涼介は自分がいかに視覚に頼っているかをまざまざと思い知った。

「立川さんは目がいいんだろうね。だから目を塞がれると余計に怖くなる」

「いろいろと余計なことを想像してしまって」

「大丈夫。危なければ言うから」

黒磯はそう言うが、怖いものは怖いのだ。

「ほら、もっとスピードを出さなきゃ」

黒磯の出すのんびりとした声が耳には入ってくるものの、涼介は内足から力を抜くことができずにいた。緩斜面をプルークボーゲンで軽く滑っているだけなのに全身の筋肉はガチガチに強張り、いくら緩めようとしても全く緩まない。

「もっと俺を信じてくれよ。そのための伴走者なんだから」黒磯は苦笑した。

「伴走者は選手に信頼されないとダメなんですね」

「その逆もだよ。伴走者のほうも選手を信頼しなきゃダメなんだ」

涼介は大きく頷いた。伴走者の指示に従えば絶対に大丈夫だと信じるからこそ、選手は安心してスピードを出すことができるし、選手が自分の指示通りに動くと信じているからこそ、伴走者は安心して指示を出すことができる。

涼介は一度肩を強く持ち上げ、深呼吸をしてからストンと落とした。全身から僅かながら力が抜ける。

「よし、今度は止まらずに下まで行くぞ」

黒磯はベテランの伴走者だ。その声を信じていれば間違いはない。余計なことは何も考えず、スピーカーから聞こえてくる声にただ従えばいい。

「右」「左」「右」

ゲレンデに広がっていく声を聞いているうちに次第に意識がぼんやりとしてきた。決して集中していないわけではない。むしろ神経は研ぎ澄まされている。涼介はふと頰に風を感じた。黒磯の声がさっきよりも大きく聞こえ、音の位置がはっきりとわかる。自分の体だけが高速で移動している。他には何もなかった。全てがどこか遠くにあるような感覚だった。

麓まで滑り降りたあと、涼介は体中に筋肉痛に似た痛みを感じた。やはり相当緊張していたらしい。手がストックを握った形のまま強張っていた。何度か手をぶらぶらと振ってから、ゆっくりゴーグルとヘルメットを外し、雪面に立てたストックに引っ掛ける。

「だんだんわかってきたんじゃないか」黒磯はニヤリとした。

涼介は躊躇《ためら》いながらも頷く。わかったのは伴走の難しさだ。

「俺にできるんでしょうか」そう言って両手をポケットに入れた。晴に信頼されること。晴を信頼すること。勝つためにはその両方が必要なのだ。ゲレンデの向こう側には白い雪をかぶった山脈が広がっている。相変わらず曇った空から大粒の雪がちらつき始めた。

晴はまだ高校二年生だ。平日は学校があるため、練習をするなら授業前か放課後になるが、晴が生活する視覚支援学校の寮から北杜の練習コースまでは車で一時間ほどかかる。移動時間を考えると毎日コースまで来るのは現実的ではなかった。土日にはゲレンデに出られるが、冬休みに入るまでは、平日は個人で基礎練習をしてもらうしかない。幸い学校には体育館もトレーニング施設も揃っており、長谷川は空いている時間に晴が使う許可を学校から得ていた。

「いつもはどんな練習をしているんだ？」

涼介は走りながら指先でボタンに触れ、トレッドミルの速度を上げた。額から噴き出した汗が足元へポタポタと落ちていく。目の前のモニターにはこれまでに走った距離が表示されていた。

「お？」

「基礎練習だよ。どういうメニューでやってるんだ」

涼介が晴の練習に付き合うのは今日が初めてだ。仕事が終わったあとでそれなりに疲れてはいたが、できるだけ細かなところまで知っておきたかった。

「別にー」

マシンの向こう側にあるベンチに腰を下ろしたまま、制服姿の晴は呑気《のんき》に答えた。隣では黒磯が苦笑いをしている。横幅のある黒磯に並んで座っていると、もともと細身の晴はますます細く見えた。

「別にってのはどういうことだ」

「えー、だから練習はしてないです。だって、友達とも遊ばなきゃダメだしー、テレビやラジオだってあるしー、あ、あと勉強もあるし」

「おいおい、何を言ってるんだ」涼介はマシンのモニター越しに晴を睨みつけたが、目の見えない晴には何の効果もない。

「高校生って忙しいんです。スキーばっかりやってられませんよー」

「それじゃ練習なしにあれだけ滑ってるのか」

「まあ、天才なんだろうなあ」黒磯が嬉しそうに言った。このベテラン伴走者はいつでも笑っている。涼介は何も答えずただ口先を尖らせた。

天才の多くは努力によって作られるが、どうやら晴は努力を必要としないタイプの天才のようだった。

トップレベルのスキーでは繊細すぎるほどのバランス感覚が要求されるため、選手の中には大きなボールの上に片脚で立つ訓練をする選手もいるが、それでもなかなかバランス感覚は身につかない。生まれ持った能力が大きく影響する要素の一つなのだ。

首にかけたタオルが汗を吸って次第に重くなってきた。涼介が息を切らして走っているというのに、晴はただ座ってぼうっとしている。

「どうして晴はスキーを始めようと思ったんだ」

「お兄ちゃんがやってたから」

「晴みたいなタイプは珍しいんだよ。先天性の視覚障害者は、どうしても外で自由に遊ぶ経験が少なくなりがちだからな」黒磯は晴に優しい顔を向けた。

乳幼児の頃から動き回ることの少ない視覚障害者は、体を動かすことに慣れていない上、危険が多いこともあって親があまり外に出そうとしない。中には自分一人で外を歩いたことのない者もいる。

「だから盲学校では、新しい環境に慣れさせるため以外に授業の一環として一人で外を歩く経験をさせるところもあるんだ」

三人兄弟の真ん中に生まれた晴は、兄と弟と一緒に取っ組み合いの喧嘩《けんか》をして育った。いつも兄弟と同じことをやりたがり、親も積極的にやらせていた。彼女にとってはそれが当たり前のことだったのだ。

「もちろん素質もあるだろうが、兄弟と同じように振る舞ってきたことが、晴のバランス感覚を養ったんだと思う。そうだよな」黒磯は晴に向かってそう言ったあと、自分の膝を両手でパンパンと強く叩いた。

「お?」

晴が驚いたような声を出したので、涼介は思わず噴き出した。全く話を聞いていなかったのか。呼吸が乱れて苦しい。

「目が見えていたら、ああはなっていないんじゃないか」

初めて晴と会った日に、長谷川がそう言っていたが、それはあながち間違いでもなさそうだった。

晴眼者は視覚情報を元に自分の体の位置を把握する。流れる風景の速さからスピードを感じ取り、周囲にある空間との比較で、体の向きや角度を確認している。

視覚障害者に運動の苦手な者が多いのは、それができないからだ。だが晴は視覚に頼らず、体の周囲の空間を抽象的なイメージとして把握していた。

涼介は額から顎へと垂れてくる汗を無造作にタオルで拭った。

「見えないのに周りがわかるのか」

「周りにあるものを、大きさや硬さや音の響き方なんかで覚えるんです」

一度頭の中に空間のイメージを作りさえすれば、あとは自由に動くことができるという。

「その代わり、初めての場所は苦手なんですよねー」晴は困ったように言った。

晴が初めてスキーを滑ったのは小学三年生の時だ。兄と弟が伴走したという。そこで晴は、それまで体感したことのない気持ちよさを感じた。

「見えないと、スピードって自分ではなかなか出せないんです」

晴は座ったままベンチの傍に置いてあった白杖を手にした。

「普段はこれだから」

視覚障害者は街の中では白杖を使い、周囲の状況を確認しながらゆっくりと歩かなければならない。誰かにぶつからないか、どこかに落ちてしまわないかと、危険を回避することに神経を集中し続けている。

「だから速いと気持ちがいいんですよねー」

「彼女たちは、いつも他の誰かに作ってもらったスピードを味わうだけだろ」

黒磯の言葉に涼介は頷く。確かに視覚障害者は自分で自転車を漕《こ》ぐこともオートバイを操ることもできない。

なるほど。それでスキーなのか。

「そうなんですよー」

どうして俺の考えていることがわかったんだ。涼介は目を丸くして晴を見た。トレッドミルの向こう側で、子供っぽい丸顔に笑みが浮かんでいる。

「思いっきり走っても、スキーみたいに速くないでしょ」

スキーなら自分でスピードを生み出すことができる。自分でコントロールすることができる。もっと速く。もっと速く。風を切る気持ちよさ。体が高速で移動していく感覚。晴はあくまでも自分の意思でスピードを出し続けていたいのだろう。スピードは快感そのものだ。

「それは俺も知っている」

「気が合いますねー」晴がおどけた口調になった。

「だったら練習だな」涼介はわざと厳しい声を出す。

「お？」

「もっと速く滑りたいんだろ」

「まあ、そうですけどー」

「じゃあ練習」涼介の声が掠れた。ずっと走り続けているので、息が上がり始めている。

「うーん」そう言って晴は隣に座っている黒磯に顔を向けた。

「なんでそこで唸るんだよ」

「うーん」晴はさらに唸る。

「頼むよ、練習してくれ」涼介はすがるような声を出した。

ガイドレーサー。頂点を極めたレーサーたちの目指す更なる頂点。だが一人ではその高みに登ることはできない。涼介がもう一度あの世界で称賛されるためには、どうしても晴を世界レベルの選手にする必要がある。

「お願いだ」

涼介の息が切れてきた。そろそろ限界だ。

「ま、滑るだけならいいけどー」

晴は制服のポケットからスマホを取り出し、指先でいじり始めた。

「そんなに基礎練が嫌なのかよ」

「だってダルいもん」晴の答えに涼介の足がもつれそうになった。

ここまで素直だと怒る気にもならない。涼介は首に巻いたタオルを外した。晴の隣では黒磯が黙ってただ目を細くしている。

「わかったわかった。じゃあ、とりあえず土日はゲレンデに出てくれよ」

「ひゃほー」晴が奇妙な声を出す。

先が思いやられるが、少なくともゲレンデを滑るだけでも練習にはなる。涼介はトレッドミルを止めた。いきなり速度が落ち、体がガクッと前につんのめる。ベルトから降りたあとも、体にはまだ動き続けているような錯覚が残っていた。

白野瀬パラスキー大会へ出場するのにあたって、晴は正式に北杜乳業スキー部に所属することになった。社員ではないため給料は出ないが、寮からゲレンデまでの送り迎えや用具の管理といったサポートは、全て北杜乳業スキー部のスタッフが行ってくれる。

日常生活における様々な壁だけでなく、金銭面でも多大な負担を強いられながら競技に参加している一般の障害者アスリートからは考えられない待遇だった。そしてそれは、会社がそれなりの結果を求めている証拠でもある。

あらためてゲレンデで滑りを確認すると、晴のフォームはやはり酷《ひど》かった。我流でここまでやってきたせいか、かなりの後傾姿勢になっている。スピードは出るが、これでは微妙な板のコントロールは難しいだろう。それなのに転倒もせずに滑っているのだから大したものだ。

「そんなにバランス感覚があるのに、なんで体の後ろに重心がかかるんだ」

何度か滑り終えたあと、涼介は板を履いたままの晴を平地に立たせた。

「白杖を使っているからだろうな」晴に代わって黒磯が答える。

視覚障害者にとって白杖は目の代わりになる大切な道具だ。道の状況を杖先で感じ取ろうとするため、常に白杖を体よりも先に出して前のめりにならないようにする。

「だからずっと白杖を使っていると、重心を後ろにかけて歩く癖がついてしまうんだな」

「あと、顔を下げると音が聞こえにくいし、風も感じないし」

晴は小さな鼻を突き出すようにして顔を上に向ける。

視覚障害者にとって音や匂いや風は重要な情報源なのだ。子供の頃からそうした歩き方を続けていると、どうしても晴眼者に比べればやや腰が後ろに退《ひ》け、顔を上げた姿勢になりがちなのだという。スキーを履いてもその癖はなかなか取れない。バランス感覚に優れている晴でさえ、つい後傾姿勢になってしまう。

「とにかくフォームを直すところから始めよう」

「だけど、ちゃんと滑れてるじゃん」

「滑れていない」

「うるさいなぁもう。楽しく滑ってるんだからいいでしょ」

晴はストックを足元の雪に突き立てた。そのすぐ後ろを少年団の子供たちがスケーティングですっと通り過ぎていく。

「立川さんは楽しくないの？」

「スキーは勝ち負けを競うものだ。楽しさは関係ない」

「でも子供の頃は楽しかったでしょ？」

涼介の鼻の奥で甘い香りが微かに漂った。何の匂いなのかはっきりとはわからないが、間違いなく子供の頃に感じたことのある懐かしい匂いだった。速く。もっと速く。俺はそれが楽しかったんじゃないのか。それだけでよかったんじゃないのか。ふと遠くへ目をやった。ゲレンデの端では少年団の子供たちがリフトに乗ろうと並んでいた。

いつから俺は他人よりも速く滑ることにこだわるようになったのだろうか。負けたら終わりだと考えるようになったのだろうか。

「晴はもっと速く滑りたいんだろ」黒磯が晴の側へ移動する。

「うん」

「だったら立川さんの言うようにフォームは直さなきゃダメだろう」

涼介は晴の周りを大きく回った。

「いいか。膝を曲げればスキーは曲がる。体重を乗せれば曲がる。それはできている。でもそれだけじゃダメだ。常に板の中心に乗るんだ。自分の重心がどこにあるかをいつも意識しろ」つい命令口調になる。

「そんなのわかんない」

「何でだよ」

「やったことがないんだからわかるはずないでしょ」晴が声を荒らげた。なぜか怒っている。

「いいから俺の言う通りにしろ」

できないのはちゃんとやらないからだ。努力が足りないのだ。わからないからできないというのは弱者の逃げだ。

「ほら、こうやるんだよ」涼介は板の上にまっすぐ立ったまま重心だけを移動させた。ほとんど平地だが、それでも重心を移動させればスキーはずっと動き始める。

「こうやるって言われてもわかりませんから」晴が冷たく言った。

ああ、そうだった。急に水を浴びせられたかのように涼介の体が震えた。晴の向こう側で黒磯が苦笑いをしている。どうやらよくあることのようだった。

学ぶとは「真似ぶ」だ。目の見える者は他人の動作を真似ることで様々な物事を自然に学んでいく。だが、見えない晴にフォームを教えることは難しかった。止まってなら文字通り手に足をとって教えることもできるが、滑っている状態での微妙な体の形や手足の位置を伝えることができない。

涼介はどちらかといえばまず体が先に動くタイプだ。学生時代にアルバイトでスキースクールの講師をやったこともあるが、基本的には自分が手本を見せ、そのまま真似させる方法しか知らなかった。

「私たちは、覚えるのに時間がかかるんです」

視覚障害者は、動作や物事をまず言葉として理解するため、言葉にならないものを身につけるにはどうしても時間がかかってしまうのだという。

「だったら時間をかければいい」

何度も繰り返しながら晴自身の体で覚えてもらうしかない。

「でも、できないことだってありますからね」晴はなぜか得意げに言った。

涼介は黙って晴を見つめた。目を瞑っても涼介に視覚障害者の感覚を理解することはできない。視覚に頼らず世界を捉える感覚は決してわからない。いくら強がってみせても、晴はやはり弱者なのだ。

「どうしたんですか」晴がじれったそうな声を出す。「ねえ、立川さん？」

我に返った涼介は慌てて大きく頷いた。

「あのお、何も言ってくれないと、そこにいるかどうかわかんなくて不安なんですけど」

「ああ、ごめん」

涼介は晴に近づいてそっと肩に触れた。頷くだけではダメなのだ。晴とのコミュニケーションには言葉が欠かせないが、涼介は言葉を交わすことが苦手だった。

俺にも直さなきゃならないことがある。

「なんで立川さんは私の伴走をしてくれるの」

突然の質問だった。

「仕事だからな」涼介は躊躇いがちに答えた。会社の命令で始めた伴走者だ。そこに嘘はない。

「そっかぁ。仕事かぁ。それじゃ頑張らないとダメですね」晴は納得したように言う。

涼介は小刻みに頷く晴を見下ろした。本当にそれだけなのか。それでいいのか。

「あとは、晴を入賞させるためだ」そして晴が入賞すれば、もう一度俺自身もあの世界で称賛される。

「お？」

「何だよ」涼介はギクリとした。本心を見透かされたか。

「それって、なんか照れますよねー」晴は嬉しそうに涼介の腕を両手で何度も叩いた。

「痛いだろ。何するんだ」

「だって男の人に、君のためだって言われたんですよ」

「違う。そうは言ってないだろ」

「きゃー恥ずかしー、きゃー」

「おいやめろよ。変な誤解を生むだろう」涼介は晴の両肩をぐいっと摑んだ。

「きゃー、抱きしめられたー」

慌てて手を離した。勘弁してくれよ。二人のやりとりを見ていた黒磯が口を開けて笑う。

「いいからフォームを直せ。もう一本行くぞ」涼介はやたらと大きな声を出した。

「あーあ、ごまかせなかったか。私は楽しく滑れたら、それだけでいいのになー」

楽しく滑りたい。それは涼介には無縁の言葉だった。勝たなければ全ては無駄になる。入賞できないのなら涼介が伴走者をやる意味はない。

黒磯の勧めで、涼介は県内にある視覚障害支援センターの主催するスキークラブへ参加することにした。競技ではなく、あくまでもレジャーとしてスキーを楽しむクラブだが、もちろん伴走者は必要なので、ボランティアで伴走したいという者がいれば、基礎から教えてくれるという。

「三日目はブラインドと一緒に滑ってもらいますから」

事務局の男性に電話で言われた涼介は驚いた。一二月の初めに予定されている二泊三日のスキー旅行の参加者には、最初の二日で伴走者としての基本を教え、最終日には実際に伴走までやらせるという。

「うちはレジャースキーですから安心してください」

指定されたスキー場でクラブのメンバーに会った涼介は戸惑うしかなかった。あたりまえだがクラブのメンバーの多くは視覚障害者だ。三〇人ほどのうち、伴走者は涼介を入れて九人。伴走の初心者は涼介のほかにもう一人いた。運営スタッフを除いた二〇人あまりがブラインドと呼ばれる視覚障害スキーヤーだが、涼介はどう話しかけていいかもわからない。とにかく見よう見まねで他の伴走者たちと同じように行動するしかなかった。

クラブでの伴走は、基本的にブラインド一人に伴走者が二人つくという体制だった。ブラインドの前後を伴走者で挟み、ゆっくりとゲレンデを滑っていく。もっとも、ベテランのブラインドとベテランの伴走者の組み合わせであれば、それぞれ一人ずつだったり、場合によっては二人の伴走者で五人のブラインドを誘導したりもする。目的やレベルによって伴走にも色々なやり方があるのだ。

まずは経験のある伴走者が実際にブラインドと滑る様子を見せてもらいながら、どのように声をかけているのかを自分の目で確かめる。競技スキーとレジャースキーの違いなのか、黒磯のやり方に比べると、ずいぶん丁寧な声のかけ方をしていた。

「声のかけ方は、ブラインドの希望に合わせて変えます」クラブのメンバーが教えてくれた。

光を感じることのできない人と視野が極端に狭い人とでは、伴走のやり方も変わってくる。伴走者はあくまでも目の代わりだ。それぞれの目の持つ能力に合わせていちばん滑りやすい方法を考えるのだ。

二日の研修を終えた涼介は、いよいよ実際に伴走者としてブラインドと共に滑ることになった。

「立川さんは私と一緒に遠藤《えんどう》さんの伴走をお願いします」ベテラン伴走者の持永《もちなが》がブラインドに立川を紹介する。「遠藤さんの右隣に立っているのが立川さんです」

「よろしくお願いしますね」

遠藤は年配の男性だった。スキー歴はかなり長いという。

「あまり気を遣っていただかなくて結構ですからね」

「安心してください。遠藤さんの後ろには私がついていますから」持永が涼介に言った。

「はい。よろしくお願いします」涼介は大きく頷く。ようやく二人体制になっている理由がわかった。新たな伴走者の育成も兼ねているのだ。

初めての伴走ということもあり、まずは緩斜面の中央あたりから麓まで、ゆっくりと滑り降りることにした。ゲレンデの幅は広いが、一般のスキー客もいるので事故のないように注意しなければならない。

「滑り出す前に、まずはゲレンデの状況を伝えてください」リフトを降りたところで持永が確認する。

涼介は遠藤にコースの長さや幅、全体のレイアウトなどについて説明し、さらに傾斜角度や雪質、コブや氷結箇所、リフトのポールなどの障害物の位置を具体的に伝えていく。涼介の説明を元に、遠藤は頭の中でコースをイメージするのだ。

「それじゃあ、行きましょうか」

腰に巻いたスピーカーからちゃんと音が出るかを確認してから、涼介のすぐ後ろに遠藤、さらにその後ろに持永という形になって滑り始めた。

滑り出した後は、タイミングを計ってターンの指示を伝えていく。原則として右に曲がるときには「右」と声をかけることになっているが、スキーでは右へターンするときには左足に荷重するため、スキーに慣れていればいるほど、つい「左」と声をかけてしまいがちで、涼介もうっかりするとすぐに間違いそうになった。

「右」「そのまま」「すぐに左……そのまま」

こまめに後ろを振り向き、遠藤の位置と方向を確認しながら指示を出す。指示が長くなれば、その間に状況が変わることもあるため、言葉はできるだけ短くしなければならない。

「はい、みーぎー」

同じ「右」でも、鋭く言うか、ゆっくり言うかによって、ターンの大きさをイメージさせることができる。ゆっくり言えば大きなターンだ。

「そのままー」「コブを乗り越えます」「はい、ひだーりー」

遠藤がターンを始めたところで、後ろから一般のスキーヤーが滑って来るのが涼介の視界に入った。まずい。

「右から人が来ます」

ベテランスキーヤーの遠藤は涼介の声に素早く反応した。右という言葉が耳に入った瞬間、すでに右へのターンを開始していた。まずい、ぶつかる。

「危ない」涼介は大声をあげた。

遠藤の体が怯えたように縮こまる。後ろについていた持永が何かを叫んだ。いきなりバランスを崩した遠藤は、そのまま右側から滑ってきたスキーヤーと交錯し、二人はゆっくりと雪の中に倒れこんだ。

「大丈夫ですか」持永が素早く二人の側に近づき状況を確認する。

涼介も慌てて板を外し、斜面を上がった。息が切れる。

幸いどちらにも怪我はなかったが、涼介の背中は汗でびっしょり濡れていた。俺の指示のせいで、大きな事故が起きていたかも知れなかった。

転倒したばかりだというのに、遠藤は和やかな表情をしていた。

「危ないでは、私たちにはわからないんですよ」優しく教えるような口調だった。これまで何人もの伴走者に教えて来たのだろう。

「危ないと言われてもブラインドには意味がないんです。むしろブラインドの不安を煽るだけで」持永が言う。

「何が起こっているのかをちゃんと教えてくださったほうが助かります」

「でもそんな時間は」涼介は口ごもった。

「そういう時は転ばせましょう」

ああ、そうだった。涼介は思わず天を仰《あお》いだ。昨日までの研修で習っていたのにすっかり忘れていた。他のスキーヤーや木にぶつかったり、谷に落ちたりするくらいなら転ばせたほうが安全だ。

「私たちはちゃんと転ぶ練習をしていますから」

ブラインドが最初に習うのは安全に転ぶ方法なのだ。

「立川さん」遠藤は優しく笑った。「あまり緊張しないでくださいね。伴走者に緊張されると、こっちも緊張しちゃうんですよ」

「すみません」

声で緊張が伝わってしまうのか。だが自分の判断ミス一つで誰かが怪我をする可能性があるのだ。緊張するなと言われても無理だ。

涼介はようやく伴走者の責任を理解した。伴走者は、ただ一緒に滑るだけじゃない。人の命を預かっている。俺一人で滑っているのとはまるで違う世界だ。

なんとか麓まで滑り終えた涼介は、その後も別のブラインドたちの伴走を務めた。もともとスキーの技術はある。回数を重ねるに連れて、涼介は伴走者としてどのように滑り、どのように指示を出せばいいのかが次第にわかってきた。

「ありがとう。楽しかった。立川さんの伴走は滑りやすいよ」

何人かのブラインドにそう言われ、涼介の胸の奥にチリチリと痛みのようなものが流れた。あくまでも伴走の技術を学びに来たはずの涼介が、いつしか伴走を楽しんでいた。

だが、いつまでも楽しんでいるわけにはいかない。涼介は口元を硬くする。俺の目標は勝つことだ。もう一度あの称賛を受けることだ。楽しければいいというのは能力の無い者が言いわけとして口にする言葉だ。勝つためには、楽しみなど必要ない。


ようやく伴走のコツが掴めてきたのに、涼介は練習時間がうまく作れず苛つくようになった。そろそろ本格的な練習を始めたいのだが、ここから年末年始にかけては営業の繁忙期で、毎日の残業が増えるどころか土日さえ潰れることがある。しかも涼介が目を離すと晴はすぐに練習をサボろうとするのだ。

「晴さんから今日は休むと」

「またかよ」

仕事中にスタッフからの連絡を受けて涼介はうんざりした。涼介が練習に参加できない日は、北杜スキー部が晴の面倒をみることになっている。もちろん長谷川や黒磯も時間があれば晴を見てはくれるが、そうでなくとも自分から練習するようになって欲しい。

せっかくうまく滑れるようになって来たというのに何をやっているんだか。

「わかった。迎えに行く」

何とか仕事を早めに終えた涼介が五時過ぎに学校を訪ねると、受付の職員が笑いを堪《こら》えたような顔で入構証を渡してくれた。校長をはじめ学校の職員たちは、晴が北杜スキー部員としてレースに出ることを応援していて、晴の送迎に関してもかなり柔軟な対応をとってくれていた。それにしても、もうこれまでにいったい何度晴を迎えに来たかわからない。おそらく晴の両親よりも学校へ来た回数は多いはずだ。

寮生がほとんど部屋に戻っているせいか、ガランとした校内はいつもよりも広く感じられた。涼介は冷たい廊下をパタパタとスリッパで歩きながら、ときどきすれ違う生徒に挨拶をした。ここでは声を出すことで誰もが自分の存在を知らせている。

レクリエーション室に晴はいた。真剣な顔をして点字タイプで何かを打っている。

「晴」涼介は静かに声をかけた。

「お？」

「お、じゃないだろう。なんで練習に来ないんだよ」

「今日はおやすみ」

「勝手に休むな」

「だってダルいもん」

「本当か。大丈夫なのか」ここからは体調管理も重要になってくるが、晴にそれができるとは思えなかった。風邪でも引かれると面倒なことになる。

「うーん、どうかなあ」晴はすっと額に手を当てた。

「まさか熱か」涼介は晴の手を退けるようにして、自分の手を晴の額に当てる。

「ぜんぜん平熱じゃないか！」

「へへへ」晴はニヤニヤしている。

「何なんだよ」

「心配してくれるからー」

「当たり前だろ。体調を崩されたら練習ができない」

「練習しなくても滑れるもん」

「言いわけするな」

「うー」

「晴、お前なんで言われたことをやらないんだ」

「だってやりたくない」

「そんなわがままが許されると思ってんのか」

「どうして許されないんですか。立川さんだって、最近ぜんぜん来ないじゃない」

「俺には仕事があるんだよ」

「私だっていろいろ忙しいんです」晴は口を尖らせた。

「遊びじゃないんだ。俺がいなくても練習はできるだろう」

北杜のスキー部員たちも軽くなら伴走できるようになっている。

「それじゃつまんない」

晴は憮然としている。体が左右に細かく揺れていた。

「なあ、頼むからさ」涼介は頭を掻《か》いた。会社から命令されたのは、あくまでもガイドレーサーになることで、子守ではない。いったいどうすればいいのか。


金曜の夜、待ち合わせていたカフェに真由子《まゆこ》が現れたのは、約束の時間から一時間も経ってからだった。北国の夜は早い。とっくに日は暮れて、窓の外に下げられたカンテラの明かりが、積もった雪をオレンジ色に染めていた。車が通るたびに明かりがぼんやりと揺れる。

「涼介、元気?」真っ白な薄手のダウンコートを脱いでから真由子は涼介に向かって手を軽く振った。どうしてこんなに近い距離でわざわざ手を振るのか。

「見りゃわかるだろ」涼介は不機嫌そうな声を出した。筋力トレーニングで体を絞りに絞ったあとだ。疲れは隠せない。

「そうね。見ればわかるわね」真由子は向かいの席に座り、店員に向かって手を上げた。ガサガサと大きな音を立てて、デイパックを隣の椅子に載せる。

「だったら何で聞いた」

「少しは愛想が良くなったかなと思って」

「嫌味な言い方をするな」

「ごめんね、遅くなっちゃって。七時なら大丈夫と思っていたんだけど、なかなか取材が終わらなくて。あ、カフェオレをお願いします」

真由子は地元の新聞社でスポーツ面を担当している。北国のスポーツ記者にとっては、これからの季節が勝負だ。

「で、どうしたの」

「滑ることになった」

「スキーを？」大きな二重の目がさらに大きくなった。

「ああ」

「どうして？　北杜のスキー部に入るの？　もう滑らないと言っていたのに？」

真由子はデイパックのポケットから、リングで綴じられた小さなメモ帳を取り出した。人に話を聞くときの習性になっているらしい。

「そうじゃない」

涼介はこれまでの経緯を簡単に説明した。

「へえ。北杜乳業って変な会社ね。二〇二〇年より前ならわかるけど、今頃になってパラに参加するなんて。スキー部があるんだからそっちで頑張ればいいのに」

「専務直々の命令なんだ」

「そうなんだ。涼介が伴走者ねえ」含みのある言い方だった。メモ帳をテーブルに置き、長い指をゆっくりと組み合わせる。

「長谷川に言わせると、世界最高のスキーヤーは伴走者なんだってさ」

「確かにそうかも知れないわね」

「やっぱりそうなのか」長年ウィンタースポーツを追っている真由子が言うのなら、そうなのだろう。

「うん。白野瀬パラって海外の選手も招聘するんでしょ。入賞するのは涼介でも大変だと思う」真由子は真剣な表情で何度も頷いた。耳にかけた短めの髪先が揺れる。

「それで元妻を呼び出して、いったい何の相談なのよ」

「女子高生ってのは、何をもらうと嬉しいんだろうな」

「ちょっと何それ。どういうことよ」真由子の顔が歪む。吊り上がった目で涼介を睨みつけた。

「誤解するな。俺が伴走する選手だ」

「選手が女子高生なの？」

「ああ」

「え、ちょっと待って。その子に何かプレゼントをする気？」

「練習嫌いだから、褒美《ほうび》で釣りたい」

おそらく晴が入賞するには今の倍のスピードは必要だろう。きちんとしたフォームとスキーをコントロールする筋力さえ備われば、晴はまだまだ速くなれる。素質はあるのだ。だが、練習させようにも、本人にやる気がなければどうしようもない。

しばらく涼介を睨みつけていた真由子は急に頬を緩めてにっこりした。

「何だよ」

「ふーん。なんかね、そういうことを考えられるようになったんだなって」

涼介はいきなりバツが悪くなった。口端を指で引っ掻く。

ディナータイムが終わったのか、店内の照明が薄暗くなった。

「自分から動かない人間は切り捨てられて当然だって言ってた人がねぇ」真由子はや

けに嬉しそうだった。

涼介と結婚してちょうど一年経った頃、真由子は通常の取材の他に新しい企画を任され、深夜に帰宅しては早朝に出かける毎日が続くようになった。涼介もマスコミの仕事は理解しているつもりだったが、一週間のうちに顔を合わせるのが二、三度では会話も成立しない。しかも、家にいるときの真由子は疲れのせいか、いつもイライラしていた。

朝、ソファの上でぐったりしている真由子をしばらく眺めたあと、涼介は自分だけにコーヒーを淹《い》れ、仕事に出かけた。明らかに真由子は体も心も弱り果てていたが、目の前で弱っている者にどう声をかけていいのかが、涼介にはわからなかった。

「どうしたらいいと思う」真由子はよくそう尋ねたが、涼介の返事はいつも同じだった。

「真由子の仕事なんだから、真由子が自分で何とかするしかない」

俺にできることは何もない。状況を変えようと努力する者だけが、状況を変えるのだ。誰かが手を差し伸べてくれるのを待っていても何も変わりはしない。

「そんなに帰りが遅くなるのは、能力が無いか、努力が足りないからじゃないのか」

ふと涼介が口にした言葉が、二人の間に決定的な溝を作った。

やがて二人は別々に暮らすことになった。

「晴は目が見えないんだ。自分から動けないこともあるさ」

「へえ、晴ちゃんっていうんだ」真由子は顎を引いて上目遣いになる。「私にもそういう気遣いをしてくれていたら、別れなかったかも知れないわよ」

「障害者は弱者だ。助けてやらなければ何もできないだろ」

「へえ。私が弱っていた時には、何も助けてくれなかったのにね」真由子は尖った声を出した。親指の先でペンのノックを何度も押す。

カチカチカチ。

「うるさいな」

「ごめん。癖なんだよね」

二人はしばらく黙った。遠くのテーブルで乾杯をするグラスの音が聞こえた。

「晴は複雑なんだよ」

「でも涼介は弱者が嫌いでしょ。勝てない者には価値がない。強くなければ意味がないっていつも言ってたじゃない」

「彼女はスキーでなら強者になれる」

「そうか。晴ちゃんを勝たせたいのね」

涼介はテーブルの上に置いた自分の手を見た。爪《つめ》が伸びている。窓の外に観光客を乗せた大型バスが止まった。

「もちろんだ。彼女が勝たなければ俺の会社での立場がまずくなる」

「ふーん」真由子は疑うような声を出す。

「本音を言えば伴走なんてやりたくないんだよ」そう言って涼介は口の端を歪めた。

「でも、本気でイヤだと思うならいくら命令でも断るはずでしょ。涼介ってそういう人よ。だから、たぶん涼介は滑りたいのよ」

涼介はそれには何も答えず、カップを手に取ってコーヒーを口に含んだ。熱かったコーヒーはもうとっくに冷めている。

「勝てそうなの？」

「ああ。練習さえすれば、晴は負けない」

「晴は負けない？　本当は涼介が勝ちたいんじゃないの？」

「俺の勝ち負けは関係ない。晴を入賞させるのが俺の仕事なんだ」

晴の入賞。それは俺が最速の伴走者であることの証明だ。そう、俺は勝ちたいのだ。強者だけに与えられるあの称賛を俺はもう一度手に入れたいのだ。

楽しければそれでいい。晴の言葉がふと頭に浮かんだ。

「元最速レーサーと目の見えない女子高生か」

「何だよ」

「この企画、ありかも」真由子が太々しい笑みを見せた。涼介と暮らしていた頃には見せたことのない表情だった。あれほど弱っていた真由子が、いつのまにか強くなっている。

「プレゼントねぇ」真由子はテーブルの上で両手を組み、顎を乗せた。そのまままじっと涼介を見つめる。「その子が欲しいものを知りたい？」

「ああ」

「涼介が選んだものでいいのよ」そう言ってふっと笑った。

「え？」

「本当に欲しいものなんて、自分でもわからないんだから」

「なんだよその答えは」俺に選べるのなら最初から真由子に相談などしない。

涼介は呆れたように首を振った。

コースを滑っている間にも次々と状況の変わるブラインドスキーでは、選手と伴走者のコミュニケーションが何よりも重要になってくる。

世界レベルのペアは、互いの微妙な感覚を共有するために、時に半年以上にわたって合宿を行うこともあるという。練習だけでなく日常生活のほとんどを共有することになるので、それはもはや合宿というよりも共同生活に近い。中には結婚しているペアさえいる。

さすがに晴と共同生活を送るわけにはいかないが、晴がゲレンデに出られる土日だけでは、あまりにも互いを知るための時間が足りなかった。一二月後半になれば学校も冬休みに入る。その前に涼介は、仕事を早めに切り上げて晴を訪ねることにした。

放課後、晴は教室で涼介を待っていたらしいが、つい先ほど寮へ戻ったという。放送で呼び出しましょうかという職員の申し出を断り、涼介は晴の部屋まで案内してもらった。

視覚支援学校、いわゆる盲学校は全国に六〇あまりしかない。学校から離れたところに自宅がある生徒たちが通学することは難しいため、ほとんどの視覚支援学校に、校舎とつながるようにして建てられた寮が用意されているが、もちろん部外者が訪問することはできない。ましてや女子生徒の部屋だ。いくら保護者の同意を得ているとはいえ、この対応は涼介が伴走者だからこそ許されているものだった。

視覚支援学校の中は余計なものが一切置かれていないせいか、どことなく病院に似ていた。構内の手すりや廊下にはカラーテープが貼られ、僅かでも視力があれば、色を辿るだけで目的の場所まで迷わずに行ける仕組みになっている。いくつかの教室では授業を終えた生徒たちが何やら夢中で話し込んでいた。

案内してくれた職員が、晴の部屋のドアを軽くノックした。

「はいはーい、どーぞー」

晴の声に涼介がそっとドアを開くと、真っ暗な部屋の中で晴が机に向かって座っていた。隣の建物から漏れた光が薄っすら窓から差し込み、ぼんやりとした晴の影を壁に映し出している。どうやら点字の本を読んでいるらしい。指先が紙面に置かれていた。

「電気をつけてもいいか」涼介は戸惑いながら尋ねる。

「お？」晴が振り返った。「消えてました？」

「ああ」

「しまった。逆にしちゃったかあ。ときどきやっちゃうんですよね。夜なのにずっと暗いままにしちゃうの」恥ずかしそうな顔になる。

「その、暗いとやっぱり困るのか？」

「何言ってんですか。困りませんよー」晴は可笑《おか》しそうに言う。「でも恥ずかしいじゃないですか」

光を感じることのない視覚障害者に照明は不要だが、それでも晴は夜になれば明かりをつけ、朝になれば消すという。晴眼者とできるだけ同じような日常生活を送れるよう視覚支援学校では指導を行っているし、晴自身もそうしようと心掛けているらしい。

六畳ほどの小さな部屋はきちんと片付けられていた。机の上にもタンスの上にも余計なものは何一つ載っておらず、ベッドカバーもきっちりかけられている。涼介は晴のことを、どちらかといえば大雑把《おおざっぱ》な性格だろうと思っていたのだが、どうやらそうでもなさそうだ。

「どうしたんですか？」

「いや、けっこう片付いているなと思って」

「だいたい場所が決まってるんですよ。わかんなくなるから」

晴眼者は適当に物を置いても把握することができるが、視覚障害者はどこに何があるかをある程度覚えておかなければならない。物を置く位置を決めるだけではなく、メモを作ったり点字ラベルを貼ったりして、それぞれが何であるかを記録する必要もあるのだという。

「もっと適当にしてる子もいますけどね」晴が本を閉じると重い音がした。

視覚のない状態で日常生活を送るのはたいへんだということくらいは涼介にもわかるが、それ以上はまるで想像がつかなかった。彼女の目の前にはただ真っ白な世界が広がっているだけなのだろうか。それとも真っ黒なのだろうか。

涼介は部屋の中をそっと見回した。

「あっ、ちょっと。女子高生の部屋をジロジロ見ないでくださいよお」

「いや待て。そんなことはしてない」涼介は慌てて晴に視線を戻す。なぜ俺の動きがわかるのか。

「ふーん」晴は白々しい声を出した。

涼介は頬をすぼめた。どうもこの子といると調子が狂う。

「で、どうするんですか」

「とりあえずメシでもどうだ」

「お?」

「なんだよ」

「それってデート?」

「違う」

「なんだあ。デートだったらよかったのになー」そう言って晴は頭の後ろで手を組む。

涼介は狼狽《うろた》えたようにドアの外を振り返った。部屋まで案内してくれた職員が、のんびりスマホを触っている様子になぜかホッとして、晴に視線を戻す。いったいどこまでが本気なのかまるでわからない。晴は涼介の考えを見透かすが、涼介には晴の気持ちがまったく読めないのだ。

「よし出かけよう」涼介はわざと大きな声を出して、机の横に置かれている小さなバッグを持った。

「それって私の？」バッグの持ち上げられる音を聞きつけた晴が鋭い声を出す。

「違うのか？」

「黄色い布のバッグ？」

「そうだ」

「あ、私のだ。いいです。自分で持つから」

涼介は何度か瞬きをした。なぜ俺が荷物を持ってはいけないのか。強い者が弱い者を助けてはいけないのか。

「私は目が悪いだけ。手も足も悪くないんです。荷物は自分で持てます」

そういうことか。涼介はあくまでも目の代わりなのだ。

「できないことだけ助けてください」

「わかった」

「できることは自分でやりたいの」

缶ジュースを取ったり渡したりはしても、缶を開けてやる必要はないということか。だが、目の前でもたつかれたり困ったりされると、さっさと手を出した方が早いと思ってしまうだろう。

黄色い布のバッグ。晴はそう言った。色がわかるのかと尋ねてみたかったが、なぜか失礼なことを聞くような気がして口に出しづらかった。この調子では晴を理解するにはまだまだ時間がかかりそうだ。

涼介は晴の前に立って肘を摑ませた。腕を持たれると涼介の動きも制限され、自然にゆっくりと歩くことになる。視覚障害者を誘導する時には、肩や腕に軽く触れさせるのが一般的だが、身長差があるせいか、晴は涼介の肘を摑みたがった。そういえば真由子と最後に腕を組んで歩いたのはいつだっただろう。ふとそんな思いが頭をよぎった。

晴と一緒に歩くことにはだんだん慣れて来たが、それでもどのくらいの速度で歩けばいいのか、いつ何を伝えればいいのかはまだよくわからず、どうしても緊張してしまう。感覚を共有するなど、とてもできそうになかった。

駐車場へ向かう途中で晴が立ち止まった。おやという表情で顔を横に向ける。

「ここ、何かあります？」

「特に何もないぞ。看板くらいだ」

空いた土地に建築計画を知らせるための薄い看板が立てられていた。

「たぶん昨日までは無かったから」晴は探るように白杖を差し出し、看板の足に当てた。コツンと音がする。「何かあると音の気配が変わるんですよねー」

「そんなことがわかるのか」涼介は目を丸くした。たった一枚の看板でそれほど音が変わるものなのか。

何気なく歩きながら、晴は周囲の音を注意深く聞き、風を感じ、足の裏から伝わる微妙な情報を読み取っているのだろう。俺にはまるでわからない感覚だ。

「誰にでもできることですよ」

「俺には無理だ」

「それは、必要ないから。必要なら立川さんもできるようになりますよ」

「でも」

「立川さんだって、スキーを履いたまま雪の状況がわかるでしょ」

もちろんそれくらいなら涼介にもわかるが、晴の感じ方は、やはり特殊な能力だとしか思えない。誰にでもできることじゃない。

「私は別に超能力者じゃないんですよ。必要で、毎日やってるから慣れているだけ」

晴はムッとした口調で言った。

またた。涼介はうっかり足を止めそうになった。また晴は俺の考えを読んだぞ。

「見えない人はみんなできるのか？」動揺を隠しながら聞く。

「うーん、どうなのかなあ。見える人だってみんなが何でもできるわけじゃないでしょ。たぶんそれと同じ。人によると思う」

晴眼者は、つい視覚障害者を一括りに考えてしまいがちだが、人それぞれに得意不得意があるのは当たり前のことだ。障害の程度や視力を失った時期によっても、できることや苦手なことはまるで異なっている。

「他の人のことは、結局よくわかんないしねー」そう言って晴は笑った。

晴の言う通りだ。誰だって他人のことはわからない。わかった気になっているだけだ。だが、晴のことがわからなくては、ガイドレーサーとしての頂点には立てない。

涼介は鼻からふっと息を吐いたあと、晴に声をかけて再び歩き始めた。

学校の駐車場に停めてあった車が走り出すと、助手席の晴は何の断りもなく窓を開けた。冷たい風が流れ込み、車内が一気に冷える。

「おい、寒いだろ」涼介は慌てて暖房のつまみを最強に合わせた。

「気持ちいいんだもん」

涼介は呆れたように首を振った。おそらく晴は根っからのスピードマニアなのだろう。スピード競技に挑むアスリートたちは、どこか頭のネジが外れているようなところがある。でなければ、生身の体をあれほどの危険にさらすことなどできない。それまで片足で滑っていた立位の選手が事故で下半身不随となり、今度はチェアスキーの選手として復活したという話もある。より速く。誰よりも速く。最初の一歩を踏み出す勇気さえあれば、やがてスピードの快感が恐怖を抑え込むのだ。

「で、学校はどうなんだ」そう聞いたものの、涼介は特に何かが知りたいわけではなかった。

「何それ。お父さんみたいな聞き方」晴は窓の外へ顔を向けたままだ。

「待てよ。俺はまだ三五だぞ。高校生の娘は無理がある」

「だって言いかたが偉そうだから」

初めて会った日から晴は涼介のことを偉そうだと言う。声を聞くだけで相手の性格や考えがわかるらしい。

雪が激しくなってきた。それでも晴は窓を閉めず、顔に雪が当たるのを楽しんでいるようだった。オートに設定されているワイパーが微かな音を立てて左右に動き始めた。二本のワイパーは決して互いにぶつかることなく、ギリギリのところで相手の進路をすり抜けていく。完璧な動きだった。


幹線道路沿いにあるファミリーレストランの駐車場に涼介は車を停めた。車を降りて晴を誘導する。足元に目をやると、店の入口へ向かう歩道の点字ブロックが雪に埋もれていた。晴といるだけで、涼介はこれまで気にもしなかったことに気づくようになっていた。雪は世界を変える。ただ人々の営みを覆い隠すだけでなく、音を閉じ込め、世界そのものを視覚障害者から隠してしまう。

店の中に入った途端、晴がいきなり躓《つまず》いた。前に倒れそうになって涼介の肘にしがみつく。よく見ると確かに床が二センチほどの段差になっていた。それにしても、バランス感覚に優れている晴にしては珍しい。

「悪い。気づかなかった」

「やっぱり誰かが一緒に歩いてくれると、気が抜けちゃうんですよねー」

「一人だと緊張するのか」

「うーん。神経が張っているっていうか、いろんなことに注意を向けなきゃならないから」

「看板には気配で気づけるのに、段差には気づけない」

「そうなんですよねー」晴は困ったような、それでいて嬉しそうな顔になった。

今は涼介が晴の目なのだ。晴が安心できるように気を配るのが涼介の役目だ。

「この先に短い階段がある。はい、ここから」

「なんか、立川さんサポートが上手くなったよね」

「褒めても練習は休みにはならない」

「ひゃー残念ー」

階段を上ったところで、二人は店員を待った。

「晴は本当に練習が嫌いなんだな」

「うん。向いてないの」

涼介は顔をしかめた。向き不向きの問題じゃない。単にやるかやらないかなのだ。

努力しない者に限って自分には向いていないのだと言いわけをする。弱者には弱者になる理由がある。晴には強者になれる素質があるのに、それを活かさなくてどうするのだ。

「何か欲しいものはないか」

「お？」

「練習すればもらえるかも知れないぞ」

「へぇ。プレゼントで釣る気なんだ」冷やかすような口調で言う。

「そうでもしないと練習しないだろ」涼介はムッとした。

「彼氏」

「何でもいいぞ。え？」

「だから、彼氏」

「それは無理だ」

「何でもいいって言ったじゃん」

「でもそれは無理だろ」

「どうして？」

晴は涼介の肘を掴んでいた手をすっと腕に絡めた。

「私、立川さんでもいいよー」そう言って晴が頭を涼介の肩に擦り付けると、ふんわりとした石鹸《せっけん》の香りが漂った。涼介は慌てて腕を体から離し、晴の頭を遠ざけようとした。

「あっ、今変なこと考えたでしょ」

涼介を見上げた晴の顔が妙に大人びて見えた。

「おい、大人をからかうな」

「ふーん」晴はニヤニヤしている。

汗が出ているわけでもないのに、涼介は空いている手で額を拭《ぬぐ》った。まったく高校生ってのは何を考えているんだか。

背筋を伸ばして店内をぐるりと見回す。　すでにクリスマスの飾りつけは終わり、レジの前にはツリーも立てられていた。　夕食時にしては案外と空《す》いている。家族連れとカップル、それに大学生のグループ。よくあるファミレスの光景だった。なぜか全員が今の二人のやりとりを見ていたような気がする。晴にそう言おうとして涼介はハッとした。この光景を晴は見ることができないのだ。

「どうすればいいんだっけ？」

テーブルに料理が並べられるのを待って涼介が聞いた。点字のメニューがあったので注文は晴が自分でやったが、この先がわからない。確かスキークラブの旅行では食事のときに晴眼者が細かく説明をしていたはずだ。

「へへへへ」晴が笑う。

「何で笑うんだ」

「ちゃんと私に聞いてくれたから。みんな戸惑うばかりで、なかなか直接聞いてくれないんですよ」

その気持ちは涼介にもよくわかる。聞くこと自体が失礼にならないかと不安なのだ。

「それじゃ、どこに何があるかを教えてください」晴が両手を揃えてテーブルの端に乗せる。

「ナイフとフォークはわかるな」

「うん。今触ってるから」

「よし。じゃあ手を持つぞ」だんだん要領がわかってきた。何が起きるのか、何が起きているのかを常に言葉で伝える。涼介は体を乗り出して晴の手に触れた。

「ちょうど手の先にハンバーグの皿がある。一〇センチくらい先だな。これだ」手を持って皿に触れさせた。

方向と距離を伝えると、晴がそっと手を伸ばしてそれぞれの位置を確認する。右隣にライス。その奥にサラダ。左側にはスープの入ったカップ。一度触れると覚えられるようで、躊躇うことなく手を伸ばしていく。

「お水ってある？」

「あるぞ、ほら」涼介はコップを取ろうとした。

「あ、場所はそのままでいいよ」

「ああ、すまん。スープの左奥だ」涼介は次第にスキークラブでのやり取りを思い出し始めた。

「一一時の方向だ」

時計の針で方向を伝える。

「私、食べるの上手じゃないけど、あまり気にしないでね」晴が恥ずかしそうに言う。

食事に関する動作やマナーは視覚から学ぶことが多く、視覚障害者の中には食べ方に自信がないから、人前ではあまり食事をしたくないという者もいるらしい。

「その、盲学校にも部活ってのはあるのか」

食事をしながら涼介は躊躇いがちに聞いた。視覚障害者は普通ではない。そんな意識がまだ頭のどこかにあるせいか、ちょっとした質問をするにもいちいち気を遣ってしまう。

「うん、あるよ。私は陸上部。あとバレー部とかゴールボール部とかいろいろ。文化系も美術部とかアニメ部とか音楽系の部活とか」

「美術部もあるのか」

目が見えないのに美術というのがよくわからない。

「陶芸とか彫刻とか」

なるほど。確かに手で触ることができれば、見えなくても作品は創れるだろう。

「陸上部も楽しいけど、やっぱり自分で走る以上のスピードは出ないし、スキーの方がいいなあ。でもうちにはスキー部がないんですよ」

「何言ってるんだ。北杜スキー部に所属しているじゃないか」

「えー、でもそれ部活じゃないじゃん」

「部活よりも良い環境だぞ」

「そうだよねー。立川さんが伴走者をやってくれるんだもんね」

涼介は黙った。俺は自分がもう一度賞賛されたいがために晴の伴走をするのだ。晴を選手にするのは晴のためではない。

しばらく皿の位置を探っていた晴が急に手を止め、顔を涼介に向けた。

「立川さん、けっこう喋《しゃべ》るようになったよね」

「どういう意味だ」

「最初会ったときって、ぜんぜん喋らなかったじゃん」

「そりゃ晴のせいだよ」

「お？」

確かにこれまで日常生活の中で涼介がこれほど声を出すことはなかった。もともと無口で不愛想なのだ。

「話さなきゃ晴にぜんぜん伝わらないだろ」

「だよねー」

「話しちゃダメなのか」

「ううん。いいと思う」

それしかコミュニケーションをとる方法がないのだから、やるよりほかない。

「立川さんの声ってイケメンじゃなくてイケ声ってやつですよね。偉そうだけど、好きですよ」

涼介はいきなり顔が火照《ほて》るのを感じた。耳まで熱くなっていく。

「ね、絶対に私たち、カップルだと思われてますよねー」

思わず左右に視線をやったが、周りのテーブルにこちらを見ている客はいなかった。当たり前じゃないか。何を狼狽えているんだ。もっとも、晴は立川の顔が赤くなっていることには気づかず、呑気に食事を続けている。涼介はホッとして静かに長い息を吐いた。それでもこの子は俺を見透かす。もしかすると俺の動揺にも気づいているのかも知れない。

「食後の飲み物はどうなさいますか」皿を下げに来た若い男性の店員が聞いた。アルバイトなのだろう。最初に点字のメニューを頼んだ時から、どこかオドオドしていた。

「俺はアイスコーヒーを」

「あの、こちらのお客様はどうなさいますか」店員は涼介に尋ねた。

「私は紅茶がいいです」晴がまっすぐ正面を向いたまま答える。

店員はちらっと晴に目をやったあと、涼介に向かって大きく頷いた。口元にはいかにも作ったかのような硬い笑みが張り付いている。

「あの、こちらのお客様は、ホットでよろしいでしょうか？」再び涼介に聞く。

「あのさ」涼介の声が硬くなった。「何でこの子に聞かないんだよ。この子の飲みたいものを俺が知ってるわけないだろ」

「あの、でも」店員の笑みが増した。強張った笑顔のまま何度も頷く。

「目が見えないとホットかアイスかを決められないのか。本人に聞けよ」言いながら涼介の声が荒くなっていく。

「こーら、涼介」晴がおどけた声を出した。「あんまり怒っちゃダメだよー」

涼介はハッと我に返った。

「すみません。ホットの紅茶をお願いします」晴は店員のほうに顔を向けて優しく言った。

店員は返事もそこそこに、凍りついた笑顔のまま逃げるようにその場を去っていく。

「腹が立たないのか」涼介の声が妙に掠れた。

「うーん。慣れてるから」

「そうか」

「私がどうしたいかを知っているのは私だけなのに、みんな勝手に私のことを決めるんですよね」晴は静かに言う。

涼介はそっと晴を見つめた。なぜ自分が興奮したのかはわかっていた。俺も初めて晴に会った日、同じようなことをした。まるで晴には何も答えられないかのように扱ってしまった。あの時の恥ずかしさが今もどこかに残っているのだ。

「大丈夫だから」

「え？」

「立川さんはちゃんとしてるよ」晴はニコリとした。

涼介はテーブルの上に置かれた晴の手に視線をやった。親指の付け根には無数の傷があり、皮膚がボロボロになっていた。気がつくと人差し指を丸めるようにして、爪の先で親指の根元を引っ掻いている。癖なのだろう。

暖房が強いせいか、目の前に置かれたアイスコーヒーのグラスには無数の水滴がついている。カラリと氷の溶ける音がして、ストローが微かに動いた。

「立川さん」晴がまっすぐ涼介に顔を向けた。

「なんだ」

「私、少しは練習してもいいよ」

「どうしたんだ急に」

「なんか、やってもいいかなって」

「じゃあ、彼氏はいなくてもいいんだな」

「えー、それは別の話ですよー。あ、でもそうじゃなくて」

晴はすっと手を伸ばした。まるで最初からそこにあることがわかっていたかのように、自然に涼介の手に触れる。

「私にもできることがあるんだなってわかったから」

どこか涼介を試すような口調だった。そう言ってから、晴はテヘへと笑った。

学校が冬休みに入ると、涼介は仕事をできるだけ抑えて晴と滑る時間を作るように心がけた。涼介がいないときには長谷川と黒磯が面倒を見ている。

相変わらず、あれこれ理由をつけてはサボろうとするものの、それでも晴の滑りはひと月前に比べると劇的に変わっていた。姿勢を保つコツを覚えたのか、重心の移動がスムーズになり、微妙なスキーコントロールもできるようになっていた。この調子でいけば大会までに晴はもっと速くなるだろう。これなら充分に入賞も狙えると、涼介は内心ホッとしていた。ここから先は、涼介がガイドレーサーとしての技術をどこまで高められるかが勝負の分かれ目になる。

勝者だけに与えられるあの称賛を、俺は必ず手にしてみせる。

ロッジから一歩外に出た涼介は空を見上げた。一二月の下旬だというのに珍しく晴れている。午前中から晴と滑ることができるのは久しぶりだった。

「たぶん今日は暑くなるぞ」

「暑いのやだー」

「いちいち文句を言うな」

涼介に促された晴が階段の端まで進む。涼介は晴をその場に立たせ、ウェアの点検を始めた。着替え自体は選手自身で行うが、最後の細かなチェックは伴走者の役目だ。

「いいだろう」

ワックスを掛け終わった板とストックをスキーバンドを使ってまとめ、晴の右肩に載せる。涼介自身は自分の板を左肩に載せ、右の肘を晴に摑ませた。

二人はリフトの乗降所の手前でスキーを履き、スケーティングでリフトへ向かった。晴は涼介の差し出したストックを片手で握っているので、動きはぴったりと揃う。

「よし、行こう。四メートル先な」

涼介が滑り出すのに合わせて晴もすっとリフトの前に滑り込み、膝を軽く曲げて立った。リフトが腿《もも》に当たる感触を確かめるようにして座る。

慣れないうちは、リフトに乗せるのにもかなり緊張した。必要以上に引っ張ろうとしたり、座らせようとつい手を出したりしてしまったのだ。

「場所だけ教えてもらえたらいいの」

涼介はあくまでも目の代わりだ。晴にできないのは見ることだけ。何度も晴にそう言われ、涼介もようやく自分の役割がわかって来たが、それでも弱者を守らなければならないという余計な意識がつい働いてしまう。

山頂へ向かうと気温はまだ低く、顔に当たる風が心地よかった。透き通った朝の空気の向こうには、完全な白に覆われた山脈が静かに時間を止めている。その白は全ての光を反射し、どの色に染まることをも拒否しているようだった。

「あと二〇秒くらいだ」

「はーい」

「よし、降りるぞ」

これだけ言えば晴は自分でできる。

ゲレンデの頂上で、もう一度晴のウェアを点検したあと、涼介は腰のポーチに手を入れてスピーカーのスイッチを入れた。今日は実践的な練習をするため、大会と同じルールで旗門を立ててもらっている。もちろん実際の大会になれば、コースデザイナーがその日のコースを設計するわけだが、基本は変わらない。

「晴は怖くないのか」ゲレンデの状況を説明したあと、涼介はふと聞いた。

「何が？」

「この先に何があるかもわからずに、滑っているんだろ」

「だって立川さんが教えてくれるじゃん」

軽く板を滑らせて涼介が晴の隣に立つと、晴は自然な動作で涼介の肘を摑んだ。

「私が怖いのは人にぶつかることと、落ちることだもん。ここならぶつからないでしょ」

「転んだらどうする」

「雪だから地面で転ぶより平気。冷たいのはイヤだけど」

だが時速一〇〇キロで転べば雪面も相当な堅さになる。骨折どころか死ぬことさえある。

「怖くはないの」

急斜面を滑るとき、涼介は恐怖を勇気で抑え込んでいる。見えている涼介が怖さを感じているのに、見えない晴が怖くないのはなぜなのか。もしかすると先に何があるのかがわかるほうが怖いのだろうか。

「怖くはないけど、転んだら大変なんですよー。方向感覚が無くなっちゃうから」晴は明るく言う。

「だったら転ぶなよ」

「ここなら大丈夫でーす」

晴はこのコースをすでに何度も滑っている。ゲレンデの幅や長さだけでなく、雪面の状態やリフトの位置までもが全て頭に入っていた。滑り始めるまでは周りの様々な事柄に気を配っているが、一度滑り出してしまえば、あとは頭の中にあるゲレンデだけに集中すればいいのだという。

「あ、転んだら立川さんが助けてくれるのかー」そう言って晴は涼介の肘を軽く引いた。

涼介が慌てて顔を晴に向けると、晴は涼介を見上げてニヤニヤしている。見えているはずはないのに、見られているような気がしてならない。摑まれた肘が妙に気になった。

「いいからゴーグルを付けろ」晴の手を解くようにして自分のゴーグルを付ける。

「はーい」

涼介はゲレンデの下を覗き込んだ。滑っている者はいない。

「それじゃ行くぞ」

「はーい」

涼介の後ろについて雪面を滑る晴は、やけに楽しそうだった。


まもなく昼になる。何本か滑ったところで二人はロッジへ戻った。

メインルームの隅に置かれた大きな木のテーブルには、選手の動きを確認するためのビデオデッキやテレビモニターが積み上げられている。

涼介はウェアの上半身だけを脱ぎ、汗を拭きながらテーブルに近づいた。長谷川と黒磯は、ゲレンデに備え付けのカメラで撮影された晴の滑りを確認しているところだった。

テーブルの下からパイプ椅子を二つ引っ張り出し、長谷川の後ろに並べる。ちょうど晴がキッチンからゆっくりと摺り足で戻って来るのが目に入った。手に紙パックのジュースを持っていた。

「リョウ。お前はまだ自分のタイミングで声を出しているぞ」モニターに顔を近づけ、目を細くして映像を眺めていた長谷川が言った。画面には、つい先ほど晴と涼介の滑った様子が映し出されている。

「晴のタイミングで指示を出しているつもりなんだけどな」そう言って涼介は椅子に腰をおろした。隣に座った晴は、紙パックに挿したストローを口にくわえている。

「いや、まだ少し遅いな。時速一〇〇キロだと選手は一秒間に二五メートル以上進むからね」黒磯が振り返って言う。

指示がコンマ一秒遅れるだけでも、その間に進む距離は二メートル以上。旗門を越えてしまうには充分な時間だ。ほんの僅かでもタイミングが狂えば、選手は旗門を通過することができない。

「今よりも、さらにワンテンポ早くなきゃダメだ。ほら見ろよ」長谷川がモニターを指差す。

涼介は腰を浮かし、長谷川に言われるままモニターを覗き込んだ。画面を見ることのできない晴はじっとしている。

「完璧に見えるけどなあ」

「よく見ろ。自分では巧《うま》く伴走できているつもりかも知れんが、実際は違う」

画面の中の晴は、涼介が声を出す直前からすでに体重移動を始めていた。

「リョウが指示を出すタイミングを、晴が先に読んでいるんだ」

「そうなのか」涼介は驚いた。思わず隣の晴を見る。

「お？」

「俺の指示を聞いてからターンしているわけじゃないのか」

「えーっと、はい。ごめんなさい」晴は背を丸めて小さな声を出した。

「何で言わなかったんだよ」

責めるわけではないが、これは涼介が指示を出し、晴がタイムを狙う競技なのだ。晴にはただ速く滑ることだけに集中してもらいたい。

「だって立川さん、すごく気持ち良さそうだったから」晴は俯《うつむ》いたまましょんぼりと答えた。長く垂れた髪が頬を隠す。

「もし俺の指示がお前の予測と違っていたらどうするんだよ」

「でも、わかるから。なんか、わかるんだもん」

僅か数メートルの距離しか離れずに、時速一〇〇キロを超える速度で滑っているのだ。いくら晴でも全てを予測することは不可能だ。

「もっと俺を信じてくれ」涼介は晴の背中に手を触れた。晴はハッとしたように顔を上げる。手に力が入ったのか、紙パックが少し潰れた。

「そういえば、海外の選手はヘルメットにイヤホンを入れて、無線で指示を出しているらしい」黒磯は知り合いを通じて積極的に情報を集めていた。「その方がタイムラグが少ないんだとさ」なぜか得意げに言う。

「確かに、音にも速度はあるからな」長谷川が頷く。

選手と伴走者との僅かな距離を音が伝わる間にも、それぞれの位置は変化する。その時間を限りなくゼロに近づけるための工夫なのだろう。

「海外では無線だよ」黒磯は海外の部分に妙な力を込めた。

「だったら俺たちも無線にするか」涼介は晴に優しく声をかける。

「お？」

「いちばんいい方法を晴が決めればいい」

音は晴の羅針盤だ。音がなければ晴は滑ることができない。

涼介が腰につけているスピーカーは、黒磯の意見を参考にしながら涼介が自作したものだった。音が広がらないよう指向性に優れたものを秋葉原のパーツショップで選び、さらにそれを収めるウエストポーチには山岳マラソンの選手が使っているものを採用している。これなら音の位置が涼介の体の中心からずれることはない。もっともこうした細かな工夫を積み重ねているのは涼介だけではない。伴走の方法に統一された決まりはなく、それぞれの伴走者が選手とともに練習をしながら、最適な方法を模索している。

「スピーカーでいいかも」晴は何かを考えるようにゆっくり両手で自分の頬を触った。

「ほら、音って動くじゃないですか」

「動く？」

「そう」じれったそうに言う。「風があると、音の鳴っているところが動いて聞こえるでしょ」

「でしょ、と言われてもな。俺はあまり意識したことがない」

「動くんですよ。だから、もしも音が動いていたら風があるんだなってわかるの」

音は空気の振動だ。確かに、風があれば音源の位置が変わって聞こえるのかも知れない。理屈ではわかるが、涼介がそれを体感したことはない。

「それと同じなんですよねー。立川さんの声が動くから、どのくらい離れていると か、斜面の角度はどんな感じとか、そういうのがわかるんです」晴はそう言って顔を上下左右に動かした。

「音で判断しているのか」

「それだけじゃないんだけど、うーん、何て言えばいいんだろう。でも、うん。音の場所はだいじ。耳元だとそれがわかんないかも」

「じゃあ、これまで通り、スピーカーから指示を出した方がいいんだな」

「うん。私はその方がいい」晴がにっこりする。

「俺は無線も悪くないと思うんだけどな。海外で使っているんだし」黒磯がそう言うと、全員が声を出して笑った。


遅めの昼食を終え、涼介と晴は再びゲレンデに戻った。

ワックスを雪に馴染《なじ》ませるために二人は軽くスケーティングしたあと、素早くターンして板先を斜面の方向へ揃える。涼介が隣に立つ晴に顔を向けると、晴もすっとこちらに顔を向けた。

少し風が出てきたせいか、気温が下がり始めていた。真っ白な雪面を、ときおり雲の影が通り過ぎていく。

まずはゲレンデの状態を説明する。雪面の状態は刻々と変化するのだ。何度同じコースを滑ろうとも、滑りだす前にはこの作業を欠かしてはならない。言葉でのコミュニケーション。涼介の言葉を頼りに、晴は頭の中に立体的な空間を描いていく。

「大丈夫だな」涼介は晴に確認をした。

「緊張しないでくださいよ」

「当然だ」

恐怖は知らず知らずのうちに勇気を抑え込んでしまう。そして、アルペンスキーで勝つためには、その勇気が欠かせない。

「晴こそリラックスしろよ」

選手が緊張すれば、同じように伴走者も緊張する。互いに支え合って滑るペアは感情と感覚を共有するのだ。

午前中の日差しで溶けた雪が冷え、ゲレンデはガラス板のように凍り始めていた。こうなると板を踏んでもエッジは効かないが、それをコントロールするのが一流の選手だ。

「お前ならできる」

ヘルメットとゴーグルを付け直し、二人はゆっくりとスタートラインに並んだ。

「ゴー」

シグナル音が鳴ったあと、きっちり三秒待ってから涼介はスタートした。直後に晴の気配を感じる。よし、ついて来い。

ダウンヒルはアルペンスキーの中で最もスピードの出る種目だ。晴のバランス感覚を生かして戦うのであれば、技術で勝負する回転や大回転が有利になるはずだが、涼介はあえて晴をダウンヒルの選手にするつもりでいた。

俺がガイドレーサーなんだ、スピード重視に決まっている。スピードこそがスキーの醍醐味だ。人間が動力を使わずに出すことのできる最高速度を晴に体験させてやるのだ。

「はい、右。最大傾斜」

凍りついた雪面は、いきなりスピードが出る。涼介はちらりと目の端で後ろの晴を確認した。ちゃんとついて来ている。

「そのまま、三〇で右」

三〇メートル後に最初の旗門が立てられている。涼介は軽く板を踏み替えポールのギリギリを通過する。後ろにいる晴との距離はおよそ二〇メートル。この速度なら一秒後に晴が来る。

「はい、左」

指示した瞬間に晴は反応する。旗門までの距離とターンの半径を逆算し、最適なタイミングで指示を出さなければならない。俺ではなく、晴にとっての最適なタイミングで。涼介はポールのすぐ脇をすり抜けながら首の位置を僅かにずらし、後ろを確認した。晴は無事に旗門を抜けていた。ここからあとは一瞬たりとも気が抜けない。

「ターン」「ターン」

もう左右の指示は必要なかった。合図を出すたびに晴は荷重する足を変え、滑る方向を反転させる。スピードがどんどん加速していく。今ここに二人を妨げるものは何もなかった。重力に全てを委ね、ただ流れていく白い世界に包まれる。

「なんだこれは」涼介は自分の中に湧き上がった感覚に戸惑いを感じていた。これまで何回このコースを滑ってきたかはわからないが、初めての感覚だった。

涼介と晴は物理的に繋がっているわけではない。そこにはロープ一本さえ存在していない。二人の間にあるのはただの空間だ。その空間に響く声だけが二人を結びつけている。

涼介自身の感じている世界と晴の感じている世界が次第に混ざり合う。同じ目的に向かって二人は一つになっていく。

今、涼介の頭の中には晴の位置から見えるゲレンデの光景が映っていた。涼介には自分の背中が見えている。その黄色いビブスにはGの文字が浮かび上がっている。

「俺が晴の目なんだ」

それは涼介だけに見える晴の視点だった。そして、決して晴自身がこの光景を見ることはない。だが、滑っているうちに涼介はそんなことさえも忘れてしまう。

涼介は目の見えない弱者のために指示を出しているのではなかった。もはや目の代わりでさえなかった。これは二人で組み立てる新しいスキー競技なのだ。

「超気持ちいい」晴が叫ぶ。さらにスピードが増した。

「ラスト、そのまま飛ぶぞ」

白野瀬パラのアルペンコースにジャンプは設定されていない。それでも涼介は滑走練習に低いジャンプを取り入れていた。それは移動に制限のある晴が重力から解放される瞬間だ。

「今だ」一瞬先に着地した涼介は、すぐに後ろを振り返って晴に着地のタイミングを伝えた。

晴は雪面から受ける衝撃を瞬時に感じ取り、天性のバランス感覚で体の軸を一定に保つ。事情を知らない者が見れば、晴が視覚を使わずに滑っているとは思わないだろう。

「ひゃあー」晴は甲高い声を出した。

二人は緩斜面を滑りきりセーフティゾーンの端まで来ると、そこでぴたりと止まった。

「なんか今のすごかった」晴の息がかなり荒くなっていた。興奮しているのだろう。

「ああ」涼介も驚いていた。ゴーグルを外して計測表示を見る。タイムは二分三〇秒。ここは北杜スキー部が複合的な練習に使うコースなので、本番に比べれば標高差も少なく、ダウンヒルに向いているとはいえないが、それでもこのタイムはかなりのものだった。ここを涼介が全力で滑ったとしても二分は切れないはずだ。

「速くなったな」

「立川さんの伴走も上手くなったよー」晴の頬に笑窪ができる。

「ああ、晴がちゃんと反応してくれると俺も気分がいい」

「入賞できるかな？」

「いや。それにはまだ練習が足りない。筋肉の持久力がもっと要る」

「えー、それって」晴の声が低くなる。

「もちろん、基礎練だ」

「えーやだー」晴は舌を出した。

涼介はわざと大きな溜め息を吐いた。晴に足りないのは何が何でも強くあろうとする意志だ。苦手なことや嫌いなことがあると晴はすぐに逃げようとする。

「だって明日はイブだよ」

いつも晴はいきなり話題が飛ぶ。

「なんだよ。予定でもあるのか」

「秘密ですよー」晴はニヤニヤしている。

「どうせ何もないんだろ」涼介はふんと鼻から息を吐いた。

「えー、じゃあ立川さんは？」晴が悪戯《いたずら》っぽい声を出す。

「俺は仕事だ」

「ひゃー。さみしい。つきあったげようか」

「断る」即答する。

「あーあ、せっかくつきあってあげるって言ってるのにー」

晴は何かを探るようにストックの先で雪面を軽く叩いた。

山の向こう側に日が沈み始めると、さらに気温が下がった。

「よし、日が落ちる前にもう一本滑っておこう」

晴にとっては昼も夜も変わらないが、涼介は暗いところでは動きが悪くなってしまう。今日の感触を、最後にもう一度確かめておきたかった。

リフトを降りると、山頂にはすでに濃い霧が出始めていた。日中の日差しで溶けた雪の水蒸気が、気温の低下で冷やされたのだ。

「けっこうガスってるな」

涼介は首を伸ばしてゲレンデを見下ろすが、せいぜい二〇メートル先あたりまでしか見通せなかった。暗くなり始めていることも合わせると、これで滑り出せば、ほとんど足元しか見えなくなるだろう。振り返った時に晴の位置を確認できなければ、指示を出すこともできない。本番のレースなら中止になるコンディションだった。仕方がない。

「これじゃレースの練習は無理だな。スピードを抑えて下まで降りよう」

コースの端をゆっくりと滑っていくだけなら、見通しが多少悪くても問題はない。

「私は平気ですよー」

もともと晴は視界に頼っていないのだから当たり前だ。問題は涼介なのだ。

「ねえ、立川さん。普通に降りるだけなら、私がスピーカーつけちゃダメ？」

「え？」

「一回でいいからやってみたいなあ」晴の吐く白い息が風に流れていく。

涼介の口が開いたままになった。そんな危険なことを許せるはずがない。

「コースの状態はさっきと変わっていないんでしょ。だったらぜんぶ覚えてるもん」

涼介はもう一度ゲレンデを見下ろした。辺りに漂う霧はどんどん濃くなり、もう数メートル先が見えるかどうかもわからない状態になっている。とにかく晴を無事に帰さなければならないが、このままではどうすることもできない。

「それでも危なすぎる」

「私にとっては同じなんですよ」

伴走者は晴の目の代わりだ。その目を霧で塞がれたのなら、伴走者はいないも同然だ。一人で滑るのと何も変わらない。

「だったら、私の頭の中にあるゲレンデを一緒に滑る方が安全じゃん」

確かに晴の頭にはゲレンデのイメージが入っているだろう。今日は朝から何度も滑っているので、雪面の状態もわかっているはずだ。スピードさえ出さなければ一人で滑って行けるかも知れない。

涼介はしばらく黙り込んだあと、ゆっくりと顔を晴に向けた。

「レースじゃないんだ。絶対にスピードを出すなよ」

ほとんど距離をとらず、ぴったりと後ろについて行けば何とかなるだろうが、それでも、この視界の悪さだ。もしも何かあったら涼介には対応できない。

「はーい」

「あと、俺が転べと言ったら、何があってもその場で転ぶんだぞ」

「はーい」

「はーい、じゃなくて、はい、だ」

「はい」

涼介は晴の腰にウエストポーチを巻いた。ヘルメットの内側にマイクを嵌《は》め込《こ》み、リード線をつなぐ。

「あーあー、マイクのテスト中」ヘルメットを被った晴が声を出した。

「本当にスピードは出すなよ」

「わかってますー」スピーカーから返事が聞こえる。

「これ、楽しい。あーあーあー」

「頼むからちゃんとしてくれよ」涼介は呆れた声になった。

視界が悪くなると晴眼者は本能的に恐怖を感じる。何が起きるかを事前に予測できなくなるからだ。

晴は視覚を使わない代わりに、頭の中で無意識のうちにあらゆる状況を想定している。空間を立体的にイメージし、風と音で瞬間を把握する。そうやって晴は世界を感じ取っている。どれほど霧が立ち込めても、晴にとってはいつもと変わらないゲレンデなのだ。

おそらく涼介もこのコースは体で覚えているはずなのだが、この状態で伴走をするだけの自信はなかった。どうしても恐怖が先立ってしまう。

「怖がるのが不思議なんですよねー」

「何で不思議なんだよ」

「だって、それまで何でもできていた人が、急にダメ人間になるんだもん」

「俺たちは視覚に頼ってるからな。視覚がなくなると動けなくなる」

そう。その瞬間、強者は弱者になり弱者は強者となる。光のない世界に入り込めば、視覚障害者は圧倒的な力を持つことになる。

「それなのに立川さんは弱さを見せない」

「どうせ俺は偉そうだよ」

「弱さのない人は強くなれないんですよ」晴は静かに言った。

ゴーグルに隠れているせいで、晴の表情はうまく読み取れなかったが、その口調は真剣だった。

晴の先導でゆっくりと斜面を滑り始める。霧はいっそう濃くなり、すぐ前を滑っていく晴の向こう側にはただ白い壁が見えているだけだった。何かが突然飛び出してくるような気がして、涼介は自分の両肩に力が入るのを感じた。黒磯に伴走してもらい、目隠しのゴーグルを付けて滑った時のことを思い出す。目の前の状況がわからないのはあの時と同じなのだが、何かが違っていた。

「左側に氷」涼介の前を滑る晴が声を出す。

晴の後ろ姿からは、恐怖などまるで感じられなかった。本当に晴は弱者なのだろうか。

目が見えないというのは視覚に頼らないということだ。その代わりに晴は多くのものに頼っている。風に、音に、匂いに、皮膚に感じる僅かな気配と自分自身の感覚に。涼介は視覚を失えば何もできなくなるが、晴は視覚がなくとも多くのものを利用し、世界を見ている。

俺は目隠しをして滑っただけで何かがわかったような気になっていたが、見えないというのは、感覚を失うことではないのかも知れない。

「右ターン」

たった一つの感覚にしか頼ることのできない涼介と、多くのものに頼っている晴のどちらが強いのか。頼るものが多ければ多いほど、本当は強くなれるのではないのだろうか。

「この先にコブ」

それにしても、選手が伴走者に指示を出すなんてな。涼介は思わず笑いそうになった。次に何があるかを晴が教えてくれるおかげで、涼介は安心して霧の中を滑ることができる。この安心感を与えるのが伴走者の役割なんだな。まさかそれを晴に教えられるとは。今この瞬間、晴は間違いなく俺の伴走者だ。

「左ターン」

白が黒に溶けていく視界の中に、晴の赤いウェアと黄色いビブスだけがぼんやりと浮かんで見える。B。あれが俺の目標だ。あれさえ見えていればいいのだ。

「そのまま」晴の声がゲレンデに響く。

俺は晴を信頼している。晴の感覚を、晴の才能を信頼している。

「スピード落としてー」

そして晴も俺を信じてくれているはずだ。だから晴は声を出し、俺はその声を受け止める。いつもと逆のように思えるが、そうではない。これはいつもと同じなのだ。

今や涼介と晴は互いの感覚を共有している。

普段の晴は涼介を頼り、涼介が晴を支えている。だが、その関係はいつでも簡単に逆転するのだ。

「二〇でジャンプ」晴が大きな声を出した。

重力から解放された体が宙に浮く。なぜか涼介は胸が高鳴るのを感じていた。


真由子から会社を訪ねたいという連絡があったのは、年末も押し迫った頃だった。

「忙しいところごめんね」

受付に案内されて会議室へ入ってきた真由子は、高そうなコートを無造作に椅子の背に掛けた。肩に載っていた雪がぱらりと床にこぼれ落ちる。

ときどきゲレンデで晴と話すようになった真由子がわざわざ会社に来るということは、おそらく正式な取材の依頼なのだろうと涼介は予想していた。

「盲目の女子高生と元最速レーサーの組み合わせでしょ。しかも、晴ちゃんはかわいいんだから、私じゃなくたって飛びつくわよ」真由子は大きなトートバッグからクリアファイルに挟まれた紙を取り出した。始めの行には一回り大きな文字で取材申込書と書かれている。やっぱりそうか。こぢんまりとした会議室は暖房が効き過ぎて、窓が結露していた。ツッと水滴が流れ落ちていくのが涼介の目に入る。

「悪いが無理だな」涼介は最初から断るつもりでいた。

「勘違いしないでね。涼介には挨拶しにきただけ。広報へ申し込むつもりだから」真由子は小さく首を曲げて微笑《ほほえ》んだ。どうやら涼介が断ることはわかっていたらしい。

「涼介がいなくてもいいの。晴ちゃんと長谷川君だけでも」

涼介としては、大会まで二ヵ月あまりのタイミングで、新聞に余計なことを書かれたくはなかった。現役時代からメディアにはいい思い出がない。特に晴はまだ高校生なのだ。何を書かれてもおそらく滑りに影響が出る。涼介は黙ったまま真由子をじっと睨んだ。

「相変わらず無愛想ね。だからメディアに嫌われるのよ」

「メディアに好かれるために滑っているわけじゃない」そう言ってから涼介は大きな欠伸《あくび》をした。

「どうしてもっと笑顔になれないかなぁ」

「笑顔が好きならテーマパークにでも行けばいいだろ」

真由子は口の端を軽く歪めた。苛立っている時の仕草だった。

「ずっと視覚障害クラスには有力な選手がいなかったんだから、連盟だってこの機会にスターを作ろうとするわよ。どうせなら私に取材させた方が安心でしょ」

北杜乳業スキー部がパラスポーツに参加することは、年明けに発表されることになっている。その前に情報が出ることを広報がどう判断するのかは涼介にはわからなかった。

「こういうものは、相手が求めているときに提供するのが一番いいのよ」

真由子からの依頼を検討した会社は、町田専務の判断で取材を受けることに決めた。

二日後。会社の最上階にある役員専用の会議室に入るのは涼介も初めてだった。最上階といってもたかだか一一階なのだが、この辺りには高い建物が少ないため、大きな窓からは眼下に広がる平野を挟んで、遥か遠くの雪を冠った山脈まで見通すことができた。

相変わらず曇ってはいるものの、年末ということもあって空気は澄んでいる。

四〇畳ほどの部屋の中にはコの字形に長机が置かれ、座り心地の良さそうなオフィスチェアが並んでいた。当たり前だが営業の部屋とはずいぶんと雰囲気が違っている。

「やっぱり無理です無理、無理。私絶対に無理ですから」机に突っ伏したまま、晴が大きな声を出した。視覚支援学校の制服の上から公式のウインドブレーカーを羽織っている。

「心配するな。長谷川が全部答えてくれるさ」涼介は広報担当者と一緒に机の位置を動かしながら晴に言う。

「だけど写真も撮られるんでしょ」

「そうだ」

「いやだー、そんな恥ずかしいことできませんよー」

「大丈夫よ。上手なカメラマンだから」壁際に立った真由子がそう言うと、女性カメラマンがにっこりと頷いた。

頷いたってわからないんだよ。涼介は腹の中で毒づく。

「いやだー、絶対に無理ー」

「なんでそんなにいやなんだよ」

「お化粧だってうまくできてるかどうかわかんないし」

「晴、お前、化粧してるのかよ」

涼介は目を大きく開いた。確かにそう言われてみると、いつもと少し雰囲気が違っているような気もするが、あまりよくわからない。

「それってどういう意味ですか。目の見えない人はオシャレをしちゃダメだっていうんですか」晴は机に突っ伏したままクッと首だけを持ち上げた。

「そんなことは言ってない」

「せっかく写真撮られるんだったら綺麗にしたいじゃないですか。私、乙女なんですよー」

「化粧したって晴には見えないだろ」出会ったばかりの頃には、とても口にできなかったことを、涼介も平気で言うようになっている。

「何言ってんですか。自分じゃわからないからこそ、周りの人が不快な思いをしないように気を遣ってるんですよ」

「晴ちゃん、そのメイクは自分でやったの？」真由子が聞いた。

「ううん。寮で先生にやってもらいました」

「素敵よ。大丈夫」

「お？」真由子に褒められて、晴は嬉しそうな顔になる。

「晴は化粧なんかしなくても、わりとかわいいと思うがな」机を運び終わった涼介が言った。すぐ側にある椅子に腰を下ろす。

「ちょっと！　わりとってことは、それほどかわいくないってことですか！」

「うるさいな。お前がかわいいかどうかなんて、どうでもいい話じゃないか」

「どうでもよくない。大問題ですよ。大会なんかよりそっちのほうが問題」

「いいか、俺は伴走者だ。お前を大会で入賞させること以外に興味はないんだよ」

いきなり晴が立ち上がった。椅子が勢いよく後ろに滑って壁に当たる。晴にしては荒っぽい動きだった。

「立川さんってバカでしょ」

膨れ面をした晴は机を伝いながらゆっくりと部屋の隅まで歩き、壁に頭を当てて俯くと、その場でじっと黙り込んだ。まったくわけがわからない。涼介は真由子を振り返って肩をすくめる。真由子は呆れたように口をすぼめ、天井を眺めた。

「お待たせしました」長谷川が部屋に入ってきた。いつものウェア姿とは違ってジャケットを着ている。長谷川は一瞬立ち止まって晴を見たあと、涼介に顔を向けた。

「どうしたんだ」

「いや、なんでもない」涼介は首を振る。

「ほら、インタビューが始まるぞ」長谷川は晴に声をかけ、肩を押すようにして席まで案内した。

晴を挟んで左右に涼介と長谷川、向かい側に真由子が座った。広報担当者は部屋の隅でメモを取る準備を始める。

真由子はトートバッグからボイスレコーダーを取り出し、机の上に置いた。カメラマンは真由子の後ろに立ったままだ。足元には大きなバッグが置かれていた。

「じゃあ、あらためてご挨拶ね。小林《こばやし》真由子です」真由子は立ち上がり、真面目な口調で挨拶をした。

「今、晴の胸の前三〇センチくらいのところに名刺を出してくれている」涼介が言う。

「お?」そっと手を伸ばして名刺を受け取った晴は驚いたような声を出した。「これ、点字ですね」

「そう。晴ちゃんの取材をするのなら、やっぱりちゃんとしようと思って」

「ずいぶん真面目だな」

「そんなの前から知ってるでしょ」

「あ、その、小林さんとは昔からの知り合いなんだ」涼介は慌てて晴に説明する。

「知り合い、ね」真由子がニヤリとした。

「だって、そうだろ」涼介はそう言って真由子を睨む。余計なことを言うな。

「そうね。そういうことにしておいてあげるわ」

晴は不思議そうな顔をして二人のやりとりを聞いていた。

終始和やかな雰囲気でインタビューは進んだ。入賞したいという晴の言葉には、長谷川も笑顔になった。

「それじゃこれでおしまいにしますね。ありがとうございました」真由子が頭を下げる。

「いえいえ、こちらこそ」長谷川が笑った。「久しぶりに小林さんと話せて楽しかったよ」

「晴ちゃんもありがとう」

「お？」

「いい記事にするから期待してね」

ときおりカシャというカメラの音が響く。カメラマンはどうやらインタビュー中よりも、こうして雑談しているところを撮りたいものらしい。

「あのう、それってネットにも載りますか」

「どうして？」

「そりゃ、紙の新聞じゃ晴には読めないからさ」晴の代わりに涼介が答える。

「そうかあ」真由子はしまったというように目を閉じた。「大丈夫、ウェブ版にも載せてもらうわ」

「よかったー」晴は両手をパチンと叩く。

真由子は机の上に置いたボイスレコーダーを止めると、ノートと一緒に隣の椅子の上に置かれたトートバッグの中へぽんと投げ込んだ。

「相変わらずがさつだなあ」涼介が呆れた声を出す。

「涼介に言われたくないわよ」真由子は目を細くして涼介を睨んだ。

トートバッグを椅子から持ち上げて机の上に載せると、ゴツンと鈍い音がした。パソコンでも入っているのだろう。かなり重そうだ。

「あ、そうだ」真由子は急に何かを思い出したように長谷川へ顔を向けた。「晴ちゃんって、これまで地方の大会にもほとんど出ていないわよね。実績もないし国内でも国外でも全然ポイントがないのに、どうして国際大会に出場できるのかしら」

「ちゃんと出場条件は満たしてるよ。白野瀬パラは新しい大会だから条件がけっこう緩いんだ。ブラインドクラスはオープンだし」長谷川は目尻を下げる。「ポイントを稼ごうにも、今は晴の出られるレースがないからね」

国内では視覚障害者のアルペンレースそのものが開催されていないのだ。出ようにも出られない。

「それにしてもいきなり国際大会ってすごいわね」真由子は晴に向かってそう言ったが、晴は黙ったままにこにこしているだけだった。

「緊張しないの？」真由子は怪訝な顔をして晴に聞くが、晴は何も答えない。

真由子は困った顔で口の端に人差し指を当てた。

「名前を呼ばなきゃ、誰に向かって言っているのかが晴にはわからない」涼介がぽつりと言った。

「ああ、そうか。ごめんね晴ちゃん」真由子はハッとしたように口を開いた。

「ううん、平気ですよー」

「涼介はちゃんと気遣ってくれてるのね」

「えーっと、はい」晴はそう言って机の上に両手を置いた。

「なんでそこで考えるんだ。えーっとは必要ないだろ」

雲が動いたのか、窓からすっと光が差し込んだ。部屋の中が急に明るくなる。

「涼介はどうなの。若い女子とスキーができて楽しいんじゃないの」

「何をバカなこと言ってるんだよ。晴はまだ高校生だぞ」

「ふーん。私は楽しいかって聞いただけなんだけど」

涼介は言葉に詰まった。晴は指をパタパタと動かしている。

「まあ、リョウには前科があるからな」長谷川が口を挟んだ。

「お？」

「何を言い出すんだよ。やめろよ」涼介は慌てて長谷川に言う。

「前科って何ですか？」晴の声が高くなった。

「学生時代、小林さんは学生スキー連盟のアイドルだったんだよ」

「へええ！」

「それが卒業して何年か経ったら、いきなりリョウと結婚だよ。あのときは俺たちみんながっかりしたよなあ」

「やめてよ、昔の話なんだから」真由子が口を尖らせた。

「そうなんですか」晴は身を乗り出す。

「こう見えて、リョウはモテたんだよ」長谷川は口の端で笑う。

「私には見えませんけどねー」晴がそう言った瞬間、長谷川の笑顔が凍りついた。部屋の隅で広報担当者が笑いを堪えている。

「えっと、それじゃ私はこれで失礼しますね。晴ちゃん、頑張ってね」真由子は滑らかな動きで立ち上がった。重そうなトートバッグを肩にかけ、カメラマンに並ぶ。

長谷川と広報担当者も立ち上がり、真由子たちとドアへ向かった。

「晴ちゃんのこと大事にしてるのね」ドアの前で振り返った真由子は悪戯っぽい笑みを浮かべた。

「そうじゃない」涼介は慌てて腰を浮かし、激しく手を振る。急に何を言い出すんだ。

「じゃあ、また電話するわね。良いお年を」そう言って真由子はドアの外へ消えた。

「おい待ってくれよ。本当にそうじゃないんだ」カチャという金属音を立てて閉じられたドアに向かって涼介は声をあげた。

しばらくドアを見つめたあと、涼介はドカッと椅子に腰を下ろした。さりげなく晴の様子を窺う。

「立川さんって結婚してたんですね」前を向いたまま、何の感情も感じさせない声で晴が聞いた。

「昔の話だ。俺も若かったし、勢いってやつだ」涼介は上着の袖《そで》を捲《まく》り上《あ》げる。

「それって、騙したんですか」

「何言ってんだよ。若い時にはよくある話だ」

「私のことを騙してたんですか」晴は椅子ごと回転して体をこちらへ向けた。

「はあ?」

「だって独身だって言ったじゃないですかー」晴の声が大きくなった。

「だから今は独身だろ」つい弁解するような口調になる。

「そういうのはバツイチって言うんですうー」

突然、涼介の耳が熱くなった。いったい何で俺は弁解しているんだ。

「まったく。本当に子供だなあ」涼介はそう言って大袈裟に溜め息を吐く。一度腰を浮かせてからゆっくりと椅子に座り直し、両腕を肘掛に乗せた。

「真由子にも、その辺をわかって欲しいよな」わざと冗談めかして言う。

「ですよねー。立川さんは大人だもんねー」晴も涼介に合わせたように大きな声を出した。

二人が黙り込むと、広い部屋の中が急にしんと静まり返った。

晴はぴったり揃えた膝の上に両手を乗せる。晴の喉でごくりと何かを飲み込んだような音が鳴った。

「私って、わりとかわいい?」

トクン。耳の奥を流れる脈の音が聞こえた。

晴には自分の外見がわからない。いや、誰の外見もわからない。晴にとっては外見よりも性格や態度のほうが重要なのだ。

涼介はつい晴から視線を逸らし、壁に掛けられた時計を見た。秒針がゆっくりと回っている。晴に気づかれないよう、ゆっくり息を吐く。

「ところで、正月はどうするんだ」涼介は話題を変えた。


年が明けた。北杜乳業は三が日が終わればすぐに通常の営業になる。

オフィスの席で涼介は首を伸ばし、親指と人差し指で眉間を強くつまんだ。しばらくパソコンの画面を見つめていたせいか、まだ昼前だというのにかなり目が疲れている。

晴は年末から実家に帰っているので、涼介は正月の間も一人でハードな筋力トレーニングを続けていた。涼介の実家はこの地元にあるが、離婚してからはどうも帰りづらく、ここ数年は母親に電話をかけるだけになっていた。

伴走者を命じられてからほとんど休まず体を動かしてきたせいもあって、疲れはそろそろピークに達していたが、それでも涼介は手を抜こうとは考えなかった。動き続けていなければ不安になる。

不意に携帯電話が点灯した。

『あ・け・お・め』晴からのメールだった。

画面の読み上げ音声を利用して素早くスマホを操作する晴を見たときにはかなり驚いたが、利用できる情報が限られている晴にとって、スマホは必需品だ。

涼介は手帳を広げてスケジュール欄を確認する。びっしりと書き込まれているのは全て練習の予定だ。

『あけましておめでとう。晴が戻って来たらすぐに練習を始めます』そう返信する。学校の授業が再開するまでにできる限りのことをしておきたかった。

「立川、ちょっと来い」大声に振り返ると田所がこちらに顔を向けていた。いつも困った顔の田所が珍しく怒っているように見える。涼介は慌てて課長の席へ向かった。

オフィスの天井で蛍光灯が一本、いきなりパチと音を立てて点滅を始める。課長の後ろにある窓の外では、細かな雪がくるくると舞うように降っていた。

「星霜さんだ」

涼介は黙って首を傾げた。あの契約には何も問題はなかったはずだ。

「お前、年明け以降の伝票切ってないんじゃないのか」

「あ」

涼介の背筋に電流が流れた。

加工食品会社へ原料を納めるのが北杜乳業の主な業務だ。営業部の涼介が具体的な調達や納品を行うわけではなく、それぞれの部署が担当するのだが、年末年始に発生する大量の発注は特殊なものが多いため、通常の定期納品を止めて営業が専用の伝票を回すことになっている。

いちばん重要なクリスマスから年末年始にかけての調達を終わらせたあと、ギリギリまで練習や取材が重なったせいで、涼介は通常の定期納品に戻す作業を忘れていた。

このままでは星霜の工場が止まってしまう。

「どうするつもりだ。クレーム沙汰だぞ」田所が睨むように目を細める。

しまった。涼介は奥歯を噛み締めた。うまく両立させているつもりだったが、気がつけば伴走のことばかりに気を取られ、つい仕事が疎《おろそ》かになっていた。工場が動くのは週明けだが、今から定期の原料調達など不可能だ。早くても一週間はかかってしまう。

とにかくまずは先方に詫《わ》びるしかない。そのあとはできる限り手を尽くして集められるだけの原料を集めるのだ。価格がどうなるかは見当もつかないが、間違いなく大きな損失を出すことになるだろう。小さく開いた口の中がどんどん乾いていく。年明け早々にとんでもない失敗をしてしまった。足先が冷たくなっていく。

「申しわけありません」ただ深く頭を下げた。

「さすがの立川もお手上げだな」田所は口を曲げ、隣の席にいる亀村主任に目をやる。

「年末に僕が気づいたので、処理しておきました」

涼介はハッと首を回して亀村を見たが、淡々とした表情からは何も読み取れなかった。

「それじゃあ」涼介は田所に顔を戻す。

「予定より二日遅れるが、週明けにはほとんど納品できるそうだ」田所はムスッとした顔のまま言った。「残りはお前が納品まできちんとフォローしろ」

「ああ」涼介の膝から力が抜け、生暖かいものが首の後ろに広がっていく。もともと納期には多少の余裕を持たせてあるので二日の遅れならおそらく工場の再開には間に合うはずだ。もちろん通常とは違う動きをさせることになるが、最終的には大きな損害を与えることはないだろう。

「ともかく遅れは遅れだ。ご立腹されているだろうから、星霜さんへすぐ詫びに行け」

「主任、本当にありがとうございました」亀村に頭を下げる。

「ミスをフォローするのが管理職の仕事ですから」

亀村はメガネを外した。元々細い目がさらに細くなる。

「両立させるよう専務から言われたそうですが、最近、スキーに力が入りすぎていませんか」亀村はハンカチでメガネを拭いてから、レンズを覗き込むようにしてかけ直した。田所は何も言わずに二人を見ている。

遊んでいると思われているのだろうか。涼介の小鼻がぷいと膨らんだ。

「やりたくてやっているわけじゃありません。スキーだって仕事です」

「そのわりには、ずいぶん楽しんでいるように見えますよ」そう言って、亀村は書類の挟まったフォルダーに手を伸ばす。

涼介は口を固く閉じた。スポーツで結果を出せというプレッシャーがどれほどのものか、課長も主任もわかっていないのだ。

「元最速なんだろう。そこまで力を入れないとダメなのか」田所が部屋中に響くような声で言った。

「スキーはそんなに甘くありません」誰よりも強い者だけが生き残ることのできる世界だ。だがその強者でさえも、気を抜けばすぐに転落する。

「営業だって甘くないぞ」田所が険《けわ》しい顔になる。「両立できないのなら、大会が終わるまでしばらくスキーに専念したらどうだ」

「大丈夫です」涼介は首を振った。スキーはあくまでも一時的なものだ。

「ミスをするよりは、立川君だってそのほうがいいでしょう」亀村の高い声が耳に突き刺さる。

「いえ、本当に大丈夫です」

「そこまで言うのなら、みんなで君のためにサポートはしますが、無理だと思ったら早めに知らせてくださいよ」亀村はポンとフォルダーをデスクの上に投げ出した。

涼介はもう一度亀村に頭を下げた。

「ありがとうございます」何を言ってるんだ。サポートするのは俺のためなんかじゃない。営業部の成績のため、会社のためだろう。いや、もっと言えば自分の昇進のためじゃないか。お前のためだなんて言葉はごまかしにすぎない。

「とにかくこれからは気をつけてください」亀村はニッと口角を上げた。

「もちろんです」涼介も笑顔で頷く。言われなくてもそうするつもりだ。

「それじゃ、しっかり両立させてくれよ」田所がパンと音を立てて両手を合わせた。

当然だ。きっちり入賞して俺の力を見せてやる。

風が強くなったのか、窓の外では細かな雪が斜めに降り始めていた。

「星霜さんへ行ってきます」涼介は白々しいほど明るい声を出した。

残りの原料をかき集めるため、涼介は週末を返上して奔走《ほんそう》した。全ての原料が無事に納品されたのは月曜の午後のことだ。すでに工場は動き始めていたが、現場の担当者がうまく調整してくれたおかげで、商品の製造にも出荷にもほとんど影響を出さずにすんだ。

「本当にこの度はご迷惑をおかけいたしました」納品書に判をもらったあと、涼介は深々と頭を下げた。

「こっちも冷や汗かきましたよ」

そう言いながらも、何とか危機を回避できたという安堵感からか、星霜の担当者の顔は笑っていた。

「それより立川さん、障害者のスキーに出られるそうですね」

真由子の記事が年末に大きく紙面を飾ったせいか、ここ数日の間にもよくその話題が出た。パラへの参加そのものが会社の広報につながるという町田専務の読みは当たっているようだった。

「やっぱり義足やら車椅子での生活って大変なんでしょうな」

「ええまあ、そうでしょうね」

記事にもちゃんと視覚障害だと書かれているのに、なぜかパラスポーツといえば義足か車椅子ということになるらしい。もちろん義足や車椅子にも困難はあるだろうが、涼介はそれがどのようなものかを知らない。涼介が知っているのは晴の日常だけだ。そして、それは視覚障害者の日常でさえない。晴に出会う前であれば、視覚障害者にそれぞれ違いがあるなどと考えることもなかっただろう。

「目が見えないと、何もできないと思われるんですよね」

晴の言っていたことの意味が、涼介にもようやくわかり始めていた。目の見えない者にスポーツができるなどとは最初から誰も思わないのだ。


工場を出ると雪がかなり強くなっていた。日もすっかり傾いている。時間を確認しようとポケットから携帯を取り出すと、晴からのメールが届いていた。

『まだですか』『まってます』

未読は七件もあった。

しまった。涼介は顔を空に向け、ああと大きく息を吐いた。今日から晴との練習を再開する予定になっていた。昼からゲレンデで会う約束になっていたのに、ここ数日の騒ぎですっかり連絡するのを忘れていた。長谷川か黒磯が代わりに面倒を見ているはずだが、それでもずいぶん待たせてしまっただろう。

涼介は車に乗り込んでエンジンをかけてから、スキー部のマネージャーに電話をかけた。

「すまない、ちょっとトラブルがあって。これから向かう」

「それが、こちらも」マネージャーの声がやけに小さい。嫌な予感がした。

「どうしたんだ」

「晴さんが怪我をして」

涼介の胸がドキンと跳ねた。

「さっき下まで降ろしました。大したことはなさそうなんですが、今から病院へ連れて行きます」

「わかった。俺もすぐに行く」

助手席に携帯を投げると、涼介はすぐに車を出した。

雪のせいで視界が悪く、あまりスピードを出すことができない。日が暮れてくるとますます前方が見え辛くなった。

視覚を奪われると晴眼者は不安になるが、涼介が今感じている不安はそれではなかった。動悸が激しくなっているのが自分でもはっきりとわかる。

駐車場の枠線を無視して車を停め、病院の中に飛び込んだ。受付で晴の名前を告げるが、もたもたしていて要領を得ない。涼介はカウンターを何度も手で叩いた。

「あ、こっちだよ」廊下の奥から顔をのぞかせた黒磯が手招きをした。

「晴は？」

「レントゲンは撮り終わって、これから診察だけど、たいしたことはなさそうだ。今、ご両親に電話したところ」

「それで？」

「北杜さんにお任せしますと。子供の頃からよく転ぶ娘ですから慣れてます、だとさ」

涼介は妙に納得した。それくらい楽天的なご両親だからこそ、晴はあれだけの運動能力を身につけることができたのだろう。

いつも笑顔の黒磯が、ふっと申しわけなさそうな顔を見せた。

「なんだか今日の晴はずっと苛ついていてね」

黒磯は長い経験を持つベテランの伴走者だ。めったなことでは選手に怪我をさせるはずがない。

「立川さんが来るまでに完璧に滑れるようになるんだって言って、俺の言うことをぜんぜん聞かなくてさ」そう言って黒磯は大きな溜め息を吐いた。

晴は黒磯の指示を無視して強引なターンを繰り返した挙句《あげく》、最後の旗門でポールに正面から激突し、そのままゲレンデ脇にあるセーフティネットに突っ込んだのだという。

黒磯について診察室に入ると、長谷川がこちらを向いて小さく頷いた。簡易ベッドの上には、ウェアを膝下まで捲りあげた晴が半身で座っている。脹脛《ふくらはぎ》のあたりに擦り傷が見えた。

「なんでだよ」思わず強い言い方になった。

晴は何も答えない。

「じゃあ足を曲げますよ」ドクターが足首を持って前後左右に曲げた。

「痛あーいー」口ではそう言うが、おっとりした口調なのでそれほど痛そうには感じられない。

「打ち身と擦り傷だね。一週間ほどは痛むだろうが、骨にも筋肉にも問題はないよ」

診察が終わってドクターがそう告げると、それまで強張っていた涼介の体がようやく緩んだ。

「大会には出られますか」

「ええ。大丈夫ですよ」

「ああ、よかった」涼介は晴に近づいてそっと肩に触れた。

晴は何も答えない。

「おい、晴。大会は大丈夫だってさ。よかったじゃないか」

晴は黙って親指の付け根を引っ掻いている。

「待ってたのに」突然、晴がぽつりと言った。

「何をだよ」

「久しぶりに立川さんと滑れると思ってたのに」そう言って俯く。

「仕事だったんだから仕方がないじゃないか。それに俺がいなくても練習はできるだろ」

涼介の来なかったことが怪我の原因だと言われているようで、つい声が荒くなる。

「みんなお前を入賞させるために頑張ってるんだぞ」涼介は室内にいるスタッフを見回した。長谷川や黒磯だけでなく、スキー部のスタッフたちも晴のために時間を使っているのだ。お前のために。お前を入賞させるために。

診察室の外の廊下を誰かがバタバタと走っていく音が聞こえた。

急に晴が姿勢を正した。ベッドの脚がカタッと音を立てる。

「そうですよね。私のためなんですよね。だったら私も頑張らなきゃなあ」まっすぐ前に顔を向けたまま、妙に明るい声を出した。体が小刻みに左右へ揺れている。

「まあ、大事がなくてよかったよ」そう言って黒磯が何度も頷いた。

「一瞬ヒヤリとしたぞ。いったいどうなることかと心配だったんだ」長谷川もホッとした口調になる。

「それよりも大会だよ」涼介が言った。「痛みが治まったら、ばっちり練習するからな」

涼介は晴の背を軽くポンポンと叩いた。

「それよりも大会、なんですよね」

晴は小さな溜め息を吐いたあと、そっと手を口に近づけた。親指の付け根には薄っすらと血が滲んでいた。


いよいよ一月も終わりに近づいていた。ここ数日続いた吹雪がようやく止んで、日曜は久しぶりに朝からいい天気になった。降り積もった雪は重いが柔らかく、板の微妙なコントロールを練習するには最適な条件だった。日差しはあるが気温が低いのでバテる心配もなさそうだ。

大会まであとひと月あまり。怪我の影響はもう残っていないが、冬休みが終わったため、晴がゲレンデに出られるのは土日だけに戻っていた。

それでも、基礎練習の成果もあってか晴の滑りは一段と進歩していた。涼介との息は合っているし、タイムもどんどん速くなっている。指示には敏感に反応し、完璧な体重移動を見せた。姿勢を保ちつつ、一瞬たりとも気を抜くことなく最後まで滑り切る。余計なことを何も考えず、ただ勇気と重力に全てを委ねて雪面を駆け抜けていく。ダウンヒルだけなら相当なレベルに達しているだろう。

練習の取材に訪れた真由子もこれなら入賞できそうだと舌を巻いたが、涼介はまだ納得できずにいた。あの時の一体感。晴の視点でゲレンデを見渡したあの感覚が取り戻せないままなのだ。

どうすればあの一体感が蘇るのか。指示のタイミングは完璧でコンマ一秒のずれもない。フォームにもおかしなところはない。それなのに、何かが違っている。

「もう一回行くぞ」

「えー、疲れたー」

「いちいち文句を言うな。あまり時間がないんだ」

「うー」晴は顔を上に向けて唸った。

空からの日差しと雪面からの照り返しで、山頂は光に溢れていた。眩しいほどの白い世界に、山の影がくっきりと落ちている。リフトを降りた二人は並んで急斜面へ向かった。この二ヵ月間、何度も滑ってきたコースだ。

涼介はゲレンデを見下ろした。鱗《うろこ》のように波打った雪の上を何本ものシュプールが伸びている。シュプールは遠くへ行くに従って次第に一つに重なっていくように見えた。

「少し雪が緩み出しているからな」晴のウェアを確認してから、涼介は雪の状態を説明し始めた。どれだけの回数を滑ってもこれを欠かすわけにいかない。

「もう、わかってますよ」珍しく晴が遮った。「さっきとほとんど同じでしょ」

「おい、ちゃんと最後まで聞けよ」

「平気ですよー」

「ダメだ。もしもまた怪我でもしたらどうなると思ってるんだ」涼介は厳しい口調になった。一瞬で状況が変化するのがアルペンスキーだ。何かあってからでは遅い。

「だよねー。大会がダメになっちゃうもんねー」小馬鹿にするような口調だった。

「そうだよ。わかってるならちゃんと聞け」

このタイミングで怪我をしたらもう取り返しはつかないのだ。せっかく入賞が見えてきているのに、愚かな注意不足でその栄誉を逃すわけにはいかない。

晴は僅かに口を尖らせたが、それ以上は何も言わず黙って涼介の説明を聞いていた。

「ようし、行くぞ」

涼介は斜面に乗り出すと、すぐに後ろを振り返った。一瞬遅れて晴も滑り出している。

「ターン」「はい、ターン」

ポールの際をすり抜けるたびに晴の位置を確認し、スピードとライン取りの向きを計算してタイミングよく指示を出す。もちろん涼介自身も速度を落とすわけにはいかない。雪面を足で感じ取りながら重心を移動させ、板をコントロールする。

もっと速く。もっと速く。

静まりかえったゲレンデに、二人の板が雪を削る音と涼介の声だけが響く。

「ターン」「ターン」

時速一〇〇キロを超えると、雪面を板で滑るというよりは、その僅か数ミリ上を飛んでいるような感覚になっていく。

「そのまま最後ー」

涼介の声が大きくなった。これは相当なタイムが出ているかも知れない。

だが、最後の旗門を越えてゴールラインへ向かうあたりで、急に晴のスピードが落ちた。

二人は緩斜面の端までゆっくりと滑り、セーフティゾーンで横に並んだ。涼介は自分の板を脱いでから、しゃがみ込んで晴の板を外す。二人ぶんの板を揃えて雪面に立てたあと、晴の顔を覗き込んだ。

「晴、いったいどうしたんだよ」

「何がですか」ゴーグルのせいで表情はわからなかった。

「最後までちゃんと滑らないと」

「ああ、はい。そうですね」晴はぼうっとしているようだった。ストックを手にしたまま、その場から動かない。

「練習だからといって手を抜くなよ」涼介は手を伸ばして晴のゴーグルを外した。

「なにするんですか」

このところ涼介が気になっていたのは晴のこの態度だった。以前はあれほど楽しそうだった晴が、今はどこか義務的に滑っているように感じられてならない。

「お前が暗いと俺まで暗くなるよ」涼介は急に冗談めかした声を出した。

自分でスピードを作り出すことができるからこそ、晴はスキーを続けているんじゃないのか。だが、晴自身が望まなければそのスピードは生まれない。

「いいじゃん。どうせ立川さんはもともと暗いんだから」晴は小さな声で言った。硬い声だった。

「晴は楽しく滑りたいっていつも言ってただろ」

「いいんです。だって立川さんは、私が楽しいかどうかより、大会の方が大事なんだもん」

「なんだよ急に」涼介の耳元をすっと冷たい風が抜けて行った。

「私が何を言ってもそれは違うって言うじゃないですか」

「そんなことはない」

「ほらまた言った。立川さんはいつも自分が一番なんだよねー」晴の声が大きくなる。

「何だよ。何が気に入らないんだ」

晴は黙り込んだ。いつしか伸びてきた山の影が麓の林に差しかかろうとしていた。

甲高い鳥の鳴き声が涼介の耳に入る。鳥は二羽いるようで、互いに呼びかけあっていた。

「私やめる」晴はいきなりそう言った。「もうスキーやめます。大会には出ません」

「待てよ。ふざけるな。お前を大会に出場させるために、どれだけの人が協力していると思ってるんだ」涼介はストックを放し、晴の両肩を手で摑んだ。晴の体がビクッと震える。

「知らない」

「みんなお前のためにやっているんじゃないか」

「そんなの嘘」

晴が何を言っているのか、涼介にはまるでわからない。

「勝手なこと言うな」

「勝手なのはそっちじゃない！　みんなで私のことをどんどん決めていく。私のことなんて誰も本気で考えてくれない」

「いいか。お前には才能があるんだぞ。すごいところまでいけるんだぞ」

能力のある者だけがより上へと進むことができるのだ。それはスキーだけの話ではない。

「すごくなくていいの。普通でいいの。楽しければそれでいいの」

「弱い者は切り捨てられて終わりだ。そんなのは嫌だろう」

弱い者や能力の無い者はそれなりの人生しか送れない。

「私は滑りたいだけ。競争なんかしたくない」

「いいか。俺はお前を入賞させるために伴走しているんだぞ」

「嘘つき」晴の声が鋭い矢となって涼介を刺した。「立川さんは最初から嘘ばっかり」

「嘘なんてついてないだろう」涼介も声を荒らげる。

強い風が吹いた。首筋に冷たい空気が流れ込む。

「私、出ないから。大会になんか絶対に出ないから」

晴はストックを雪面に突き立てた。

「帰る」

晴はくるりと向きを変えて一人でロッジへと向かい始めたが、深い雪に足を取られて、なかなか前に進めなかった。ふらつくようにゆっくりと歩き、やがてロッジの手前で足を止めた。そのまま何も言わず、じっとその場に立っている。雪の積もり方が毎日変わるため、階段の位置がわからないのだ。

涼介は大きな溜め息を吐き、後ろからゆっくりと晴に近づいた。

「ほら、摑まれ」なぜ帰りたいと言い出したのかはわからないが晴は頑固だ。無理に滑らせようとしても決して滑らないだろう。

「はい」小さな声でそう言って晴は涼介の肘を摑んだ。キッと下唇を嚙んでいる。涼介は静かに晴を誘導した。たった今、喧嘩をしたばかりの相手に頼るしかないのだ。悔しいに決まっている。

着替えを終えて黒磯の車に乗り込むまで、晴は涼介に口を利こうとしなかった。

「とにかく大会には出ろよ」涼介は優しい口調で諭すように言ったが、晴はそれでも黙ったままだった。運転席の黒磯は困ったような顔をして、窓の外に立っている涼介と助手席の晴を交互に見ている。

「車、出してください」晴がポツリと言った。

黒磯は涼介に向かって大袈裟に肩をすくめてから、ようやく車を走らせ始めた。

車が角を曲がって見えなくなるまで、涼介はその場にじっと立っていた。林では二羽の鳥がまだ鳴いていた。


あれから一週間以上が経つ。晴は週末にもゲレンデに現れず、涼介の送ったメールに返信を寄越すこともなかった。元気でいることだけは視覚支援学校の職員に確認できているが、連絡は全くないままだ。黒磯の電話にも出ないという。本当なら学校まで様子を見にいくべきなのかも知れないが、やる気のない者にいくら言っても無駄だと涼介は考えていた。

状況を変えようと努力する者だけが、状況を変えられるのだ。気に入らないことがあれば言えばいいだけなのに、なぜ晴は何も言おうとしないのか。涼介には晴の行動がまるで理解できなかった。なんとかやる気になってもらいたいが、これればかりは晴が自分から動くのを待つしかない。冷たいようだが、それが現実だ。

仕事を終えた涼介は会社の玄関を出て駐車場に向かった。今日はどこへも寄らず、そのまま自宅へ帰るつもりだった。

「晴はどうなるんだ」

すでに晴の代わりとなる選手を探し始めていることを知って、涼介は今朝、長谷川に詰め寄っていた。このまま晴を見捨てるつもりなのか。

「仕方がないだろう。俺の仕事は白野瀬でパラ選手をデビューさせることなんだ」長谷川は困ったように肩をすくめる。ウインドブレーカーの擦れる音がした。「晴はやっぱり子供だったんだよ。きっとどこかに無理があったんだろう」

涼介は額の髪を掻き上げたあと、その手を首の後ろへやって、そのまま黙り込む。

涼介にもわかっていた。確かに晴は速い。才能もある。それでも、生き残ろうという意志のない者が強者として讃えられることはない。結局のところ弱者は弱者なのだ。

「そうだな」ようやく口を開く。

「そして、選手を入賞させるのがリョウの仕事だろ」

「ああ」もともと涼介はレースに復帰するつもりなどなかったのだ。命令されて仕方なく伴走を始めただけのことだ。こうなれば選手が誰であろうとやるしかない。

北杜乳業は白野瀬パラスキーのスポンサーにもなっているから、多少の無理は利くはずだ。大会へのエントリーはギリギリだが、連盟に登録している選手であれば、まだ可能だろう。さすがに今から若手を見つけることは望めないが、ここ一年ほどの間に引退した選手を説得して出場さえしてもらえれば、少なくとも北杜スキー部がパラに参戦するという発表そのものは嘘にはならない。

だが入賞は諦めるしかない。

「負けるとわかっているのに滑るのか」

それは涼介の美学に反することだった。戦うからには勝たなければ意味がない。参加することに意義があるなどというのは、勝てない者の逃げ口上だ。それでも背に腹は代えられなかった。そもそも会社からは入賞を求められていたのだ。こうなってしまった以上、せめて出場だけでもしなければ、どんな目に遭うかわかったものではない。これは仕事なのだ。涼介の美学など会社にとってはただの戯言《ざれごと》に過ぎない。とにかく与えられた役割を精一杯こなすことだ。

涼介は倒れこむようにシートに腰を下ろし、ドアのアームレストを大きな手で摑んだ。引く力が強すぎたのか、ドアはバフと息を吐くような大きな音を立てて閉まった。

とっくに引退していた元最速レーサーが鳴り物入りでパラに参戦し、そして惨敗する。おそらく職場での立場も失うだろう。一瞬、亀村の顔が頭に浮かんだ。

長谷川が新しく見つけようとしている選手はどうなるのか。涼介は一度ハンドルにかけた手を静かに下ろした。負けるとわかっているのに無理やり舞台上へ引っ張り出し、その場限りで切り捨てることにならないか。

フロントガラス越しに、正面のビルの間から濃い灰色の空が見えていた。雪が静かに降り始めている。

シートベルトを締めてから、涼介は両手でぱちんと顔を叩いた。大きく息を吐くと真っ白な吐息が車内に漂う。このままでは誰も救われない。

軽く身震いをしてエンジンをかけると、キュルというセルモーターの音に続いて低音の振動が始まった。雪の粒は次第に大きくなり、フロントガラスを白く塗り始める。涼介は薄く色のついたガラスに張り付いた雪をぼんやりと見つめていた。

雪はガラスに触れた瞬間に溶け始め、すぐに見えなくなった。それでも雪が世界から消え去るわけではない。溶けた雪は水となり、いつかまた雪になる。雪はそれを永遠に繰り返しているだけだ。

ワイパーのスイッチを入れると二本のブレードが息を合わせ、フロントガラスに積もり始めていた雪を一気に拭った。

傘をさした子供たちが交差点の向こう側から足早に渡って来る。雪に足を滑らせたのか、黄色い長靴を履いた男の子が、道路を渡りきったところでいきなり転んで尻餅をついた。

涼介はシフトレバーに伸ばしかけた手を止めた。

「立川さんは弱さを見せない」晴はそう言った。

晴は俺を信頼して頼ってくれた。それなのに俺は晴に頼ろうとしなかったのだ。他人に弱さを見せることを恐れ、常に自分だけは強者でいようとしたのだ。

男の子は転んだままの格好で地面に手をつき、その場で痛みを堪えているようだった。周りの子供たちは足を止めて、男の子が立ち上がるのをじっと待っている。男の子がようやく立ち上がった瞬間、一人の女の子がそっと手を出した。

涼介の目が大きく見開かれる。

関係はいつでも簡単に逆転する。わかっていたはずなのに、わかっていなかった。ずっと晴には俺が必要なのだと思っていた。だが、本当は俺のほうが晴を必要としていたのだ。

涼介はシフトレバーをドライブに入れ、サイドブレーキを外した。


晴は食堂で何人かの生徒たちと一緒にテレビを見ていた。目が見えないのにテレビを見るというのは奇妙な感じもするが、彼女はテレビを見る、ラジオを聞くという。その二つには何か違いがあるらしい。

食堂の入り口から一歩足を進めて声をかけようとした瞬間、晴がすっとこちらに顔を向けた。

「お？」そう言ってから嬉しそうな顔になる。

丸かった晴の顔がいつのまにか少しほっそりとしていることに涼介は気づいた。

「やあ」

「わあ、やっぱり立川さんだ。スリッパの音が偉そうだからそう思ったんだよねー」

相変わらずの呑気な声だった。大会に出ないと言ったことで、多少は気まずい思いをしているのかと思っていたが、どうやらそうでもないらしい。落ち込むのも早いが立ち直るのも早いのが若さの特権なのだろう。

「どうしたんですかあ」晴はすっと椅子から立ち上がった。隣にいた女子生徒には視覚があるらしく、涼介の立っている場所を晴に教える。晴は躊躇うことなくそのままスタスタと歩いて涼介に近づいた。食堂の中は完全に頭に入っているのだろう。

涼介は目の前にある椅子を引いた。

「すぐ前に椅子な。晴の方に向けてある」

「サンキューでーす」晴はすっと椅子に手を伸ばして位置を確認すると、そのまま腰を下ろした。体を揺するようにして椅子の向きを整える。

「話があるんだ」涼介も隣の椅子に座った。

「大会に出ろって言うんでしょ。わかってますよお」晴はテーブルを両手でパタパタと叩いた。「でも、もう出たくないんですよねー」

「どうしてなんだ」

「うーん」晴は唸ってから顔を正面に向け、しばらく黙った。

ゆっくりと涼介の方に首を回す。

「立川さんは何のために伴走しているんですか」

「もちろん晴を入賞させるためだ」

「嘘ですよ。みんなお前のためだ、お前のためだって言うけど、本当は私のためじゃないもん」

「俺は違うぞ」

「立川さんだって、私のためとか、会社のためって言ってるけど、本当は自分がもう一回最速って言われたいんでしょ」晴は淡々という。まるで何かを諦めたような口調だった。

涼介はごくりと唾《つば》を飲み込んだ。晴をまっすぐ見つめようとするが焦点が定まらない。テーブルの上で手を組み、そのまま静かに長い息を吐く。

晴は小さく顔を左右に揺らしていた。

二人ともしばらく黙ったままになる。テレビの音声だけが食堂の中に響いていた。

「そうだな」やがて涼介がぽつりと言った。

「お？」

「俺は最速のガイドレーサーになりたい。だから晴がいなければダメなんだ」

「ひゃー」いきなり晴が高い声を出した。「ついに立川さんが私に告白です」

「ちょっと待ってくれ。そういうことじゃないだろ」

「そういうことですよー」嬉しそうな顔になる。「だって、やっと本当のことを言ってくれたんだもん」

不意にテレビの音が消えた。生徒たちが反対側のドアからゆっくりと出て行くのが目に入る。

「俺はどうすればいいんだ」思わず口から言葉が漏れた。

そうだった。わからない時には晴に聞く。そんな当たり前のことも俺は忘れていた。

「どう思います？」

「わからない」涼介は首を振った。

「そういえばこの間、電車で席を譲られたんですよー」

「何が問題なんだ」涼介は怪訝な顔になった。話がどこへ行こうとしているのかわからない。

「だって私、目が悪いだけで、立てないわけじゃないもん。でも席を譲ってくれるんですよ」

「じゃあ、どうするんだ」

「なんかムカついて、バカだなとか思うときもあるけど、疲れてたらやっぱり楽しちゃうんですよねー。座っちゃいました」晴は笑う。

「えらく勝手だな」

「だって座りたかったんだもん」晴は悪戯がバレたかのような表情になった。

だが、席を譲ろうとした者の感覚はわかる。視覚障害者が目の前にいれば、助けなければならないと思ってしまうのだ。

「私にとって目が見えないっていうのは自然な事なんですよー。でも見えている人はそれを不自然だって思うみたいだから、なんだか変だなあって」

涼介はすっと目を閉じてみた。他の人の見え方は決してわからない。それは視覚障害者であろうと晴眼者であろうと同じことだ。

「俺だって、自分が他人と同じ見え方をしているのかはわからない」

それでも人は世界を見ている。誰もがそれぞれの方法で世界を認識している。見え方が同じである必要はない。それが、その者にとっての世界なのだから。

「ねえ、もうすぐバレンタインデーなんですよー」

いきなり話題が飛んだ。唾が気管に入って涼介は咳《せ》き込《こ》んだ。

「どうせ立川さんはチョコもらえないんでしょ」

「何でだよ、そんなことはない」

「私があげてもいいよ」

「え」涼介は言葉に詰まった。体の芯が熱くなるのがわかる。さっき生徒たちが出て行ったドアに思わず目をやった。

「いや、いらない」そう言った瞬間、胃の中が急に冷たくなったような気がした。

「はあ。どうして立川さんってそうなんだろ」晴は顔を背けるようにして大きな溜め息を吐いた。「ずっとそうなんだもんなー」

テーブルの上に置かれた晴の手は、相変わらず親指の付け根が傷だらけになっている。引っ掻く癖は治っていないようだった。

ぼんやりとした静けさが二人を包む。涼介は窓の外を見た。食堂の窓に雪が当たる音。調理場で洗い物をする音。廊下を歩くスリッパの足音。そして晴の動く微かな気配。

晴が涼介へ顔を向けていた。

「私にはできないことがたくさんあります」そう言って静かに微笑む。少し細くなった頬には、それでも笑窪ができていた。

「助けてもらえるのは嬉しいけど、できることは時間がかかっても自分でやりたいんです。だけど、みんながすぐに助けてくれるから、いつまで経ってもできないままなんですよね」

「晴は何がやりたいんだ」

「私は自分にできることがやりたい」

「スキーができるじゃないか。スキーがやりたいんじゃないのか」

晴はテーブルの上でタイプを打つようにパタパタと指を細かく動かした。

「ねえ、立川さん。私ってずっと誰かに支えてもらわなきゃダメなのかな。誰かを支えちゃダメなのかな」

涼介は背中を激しく叩かれたような気がした。晴は自分にできることをやろうとしたのだ。それなのに、晴が俺に何かをしてくれようとするたびに、俺はそれを拒否していた。晴の気持ちなど考えず、ただ拒否していた。涼介の胸の奥に鈍い痛みが走る。晴に頼らないことで、俺は晴を傷つけていたのだ。

「霧の中で滑った時のこと覚えてます?」柔らかな声だった。

「ああ」

あの日、霧の中で俺は晴を信じた。前が見えない恐怖を隠さず、強がることもなく、ただ晴だけを頼りに滑ったのだ。そう。間違いなく、あの時の晴は俺を支えていた。

「ねー、すごく楽しかったよねー」いきなり明るい声に戻る。「あの時、私も誰かの役に立ててるんだって思ったんですよー」そう言って晴はにっこり笑った。

涼介は椅子に座り直し、ほんの僅かテーブルに身を乗り出した。

「大会へ出てくれないか」静かに聞く。「俺と一緒に大会へ出てくれないか」もう一度聞いた。本当は大会などどうでもよかった。二人で同じ目的へ向かうあの感覚。勝者が受ける称賛よりも、あの感覚のほうが今の俺にはよほど大切なんだ。

涼介は腕を伸ばし、そっと晴の手に触れた。いつもと同じように温かい手だった。

質問に答えないまま晴は涼介の手を外し、すっと立ち上がった。丁寧に椅子をテーブルの下へしまうと、食堂の出入り口へ向かって一歩進んだところで足を止め、くるりと体の向きを変えた。

「私ね、伴走者がやりたかったの。立川さんの伴走者になりたかったの」

三月になった。

アルペンスキーは、雪で覆われた白い会場に観客の熱気が満ちるヨーロッパの花形スポーツだ。だが、国内の、しかもパラスキーとなればその状況は一変する。観客のほとんどは選手の家族か関係者で、大会によっては観客よりも記者の数が多いことさえある。鳴り物入りで開催される白野瀬パラスキー大会であっても、その数に大きな変化はなかった。

朝から会場へ入った涼介はあまりにも閑散とした風景に驚いていた。

「本番でもこんなに観客が少ないのか」

「パラってのはそんなもんだよ」黒磯が肩をすくめる。「とはいえ、ワールドカップなら話は違うんだけどな」

アルペンスキーのワールドカップは、選手やコーチ、技術スタッフをはじめとする数百人の集団が、世界中の会場を移動しながら熾烈な戦いを繰り広げることから白いサーカスとも呼ばれ、多くの観客を魅了している。それはパラスキーも同様で、転戦を続ける中で、選手同士はライバルとして戦いながらも友人としての連帯感を強めていく。中でも日本の座位クラスは、そのメダルの獲得数とチェアスキーの高度な技術力もあって、選手だけでなく世界のスキーメーカーからも注目を浴びており、レース後に互いに用具を貸し合うなどして選手同士、技術者同士での友情を育んでいる。しかし、日本人選手のいない現在の視覚障害者クラスには、残念ながらそういった横のつながりはない。

割り当てられた控え室で、涼介は自分のウェアを確認したあと、スピーカーの電池を新しいものに入れ替えた。細かいが重要なことだ。機材のトラブルが原因での棄権が、いちばん悔しい。

ひと通りの準備を終えた涼介は小さな丸椅子に腰を下ろし、そっと目を閉じて公式練習を思い出しながらスタートからゴールまでをゆっくりとイメージしていく。

いくつかある競技種目の中でダウンヒルだけは、重大な事故を防ぐために本番のレースに先立って公式練習が行われ、選手と伴走者がコースのラインを確認することになっていた。すでに公式練習はすんでおり、選手たちの頭の中にはコースのイメージが描かれているが、当然伴走者もコースは頭に入れておかなければならない。

標高差五五〇メートルのミドルコース。雪質はそれほど悪くはなかった。ライン取りをミスしなければ、ある程度までのタイムは出せるだろう。

「そろそろです」

スタッフの声を耳にした涼介は弾けるように立ち上がった。

「よし」ウェアの上から体を何度か叩いた。やれることはやったのだ。あとは滑るだけだ。

午後一時。スタート地点には強い風が吹いていた。遠く海から届く風は斜面を駆け上がり、僅かながら潮の香りを感じさせた。すでに前のペアは滑り終わっている。係員の合図を受けて、涼介はスキーを揃えた。

ゲレンデの麓で鳴り響いていた歓声がすっと静まり返った。まもなく視覚障害者が滑ることが告げられたのだろう。歓声があっては指示が聞こえない。

「行きます」

シグナルを聞いてからきっちり三秒待って、涼介は斜面に乗り出した。滑り出してすぐに後ろを振り返る。よし、大丈夫だ。きっちりついて来ているな。

スピードが乗り始めると、あっというまに白い世界が涼介を避けるように両側を流れ出す。涼介は視線を遥か前方に向けた。ゲレンデの先には小さな町が広がり、さらにその向こうでは海が空とつながっていた。太陽が眩しい。

重力に引かれた板が雪面を滑っていくのに任せる。ちらりと後ろを見た。今だ。

「右ターン」声を出した。スピーカーから広がる音がそれまでの静寂を破った。

自分自身も軽く重心を移動させてポールの際を通過する。

「左ターン」「右ターン」

落ち着いて、ゆっくりと指示を出す。

雪をかぶった深い森に挟まれて、真っ白な雪原が山頂から麓へと続いていた。その雪原を二本のシュプールが絡まり合うようにしてぐんぐん伸びていく。シュプールの先頭にいるのは、もちろん選手と伴走者だ。時には近づき、時には離れるが、それでも同じ方向へ向かっている。

ブラインドスキー。それは二人で組み立てる競技だ。伴走者が指示を出し、選手がタイムを狙う。そういうチーム競技なのだ。

結局、晴からの連絡はなかった。涼介は何度か連絡を取ろうとしたが、晴はメールにも電話にも出なかった。大会までもう時間がない。長谷川は涼介に新しい選手との練習を始めるように命じた。涼介は隙を見て、もう一度だけ学校を訪ねてみたが、今は友達と外出しているところだと職員に言われ、晴に会うことはできなかった。

もう諦めるしかない。

涼介はついにバレンタインのチョコを受け取ることができなかった。

晴に代わって涼介とペアを組むことになったのは、高田奈美《たかだなみ》という四〇代半ばの女性だった。晴と同じ全盲の視覚障害者で、クロスカントリーと射撃を組み合わせて行うバイアスロンというノルディックスキーの競技を専門にしているが、アルペンスキーにも競技者登録があった。白野瀬パラ大会でもバイアスロンに出場することになっていた。

「そのままです」「右ターン」

晴のときとは声のかけ方が違っている。相手に合わせることの苦手だった涼介が、選手に合わせて伴走のやり方を変えていた。

姿勢を保ちながら、二人は急斜面を滑り降りていく。僅かひと月足らず、しかもバイアスロンの練習の合間にしか時間を取ることはできなかったが、ノルディックの伴走者からアドバイスを受けたこともあり、高田とはかなり息が合うようになっていた。

前方のゲートが目に入った。高田にあれを見ることはできない。そう。あれを見るのが俺の仕事なのだ。

「ラストです」

大きな声でそう告げると、涼介は膝を深く曲げ、一気にゴールゲートを通過した。ゴールエリアの端まで滑り切り、ぴたりとスキーを止める。すぐに後ろを振り返った。

高田がゴールエリアの中央あたりでゆっくりスピードを落とすと、それまで息を潜めていた観客が一斉に歓声をあげた。

「高田さん、かなりよかったですよ」軽くスキーを蹴って近づいた涼介は、そう言って高田の肩を叩いた。

「疲れたわよ」高田は苦笑いした。明日にはもうバイアスロンの試合があるのだ。

二人の板を外したあと、涼介は高田にストックの端を持たせて、北杜乳業のブースまでゆっくりと誘導した。

ブースではスキー部の公式ウェアに身を包んだ町田専務が拍手で二人を出迎えた。

「すばらしかったぞ」

どうやらすでに多くの取材が入っているらしく、町田は上機嫌だった。長谷川はスタッフに指示を出し、二人のために長机の前に椅子を用意してくれた。

「結果はまだわかりませんが」腰を下ろしながら、涼介は軽く頭を下げる。

パラスキーでは実際に滑ったタイムではなく、実測タイムにそれぞれの障害に応じた数値を掛け合わせたタイムで順位が決まる。全ての計算結果が出揃うまでには時間がかかるため、滑り終えた段階ですぐに順位がわかるわけではない。それでも入賞はあり得ないと涼介にはわかっていた。

「いやいや、大したものじゃないか」町田は大きく何度も頷いた。

涼介は黙って口の端を曲げた。町田にしてみれば、宣伝効果さえ上がれば結果などどうでもいいのだろう。きっと晴の名前さえ覚えていないはずだ。強者が弱者を切り捨てるのではない。いつだって弱者の力を知ろうとしない者たちが、弱者を切り捨てているのだ。

ウェアのファスナーを下ろすと体から湯気があがった。

「リョウ」後ろから長谷川の声がした。振り向くと、長谷川は真剣な顔つきで右手を差し出している。涼介は座ったまま体を捻り、肩越しに自分の右手を出した。

「いや、こういうことはちゃんとしようぜ」長谷川がムッとした声になる。

「そうだな」涼介はわざと大きな息を吐いてから立ち上がった。ゆっくり体の向きを変え、長谷川の右手を握る。

「リョウ、ありがとう」長谷川は嬉しそうに涼介の手を握り返した。

涼介は黙ったまま軽く肩をすくめる。

「相変わらずだなあ。伴走者をやって、少しは愛想が良くなったかと思ったんだが」

そう言って涼介を睨んだが、口元は笑っていた。指導者というのは、あれこれ細かく気を遣わなきゃならないらしい。やっぱり俺には無理だ。涼介は口をすぼめ、首を軽く左右に振った。

長谷川がブースの内側へ戻るのを見届けてから、涼介はようやくブーツのバックルを緩め、スタッフから受け取った熱いお茶を口にする。

体の奥に熱い液体が流れていくのがわかった。

パラスキーの選手をデビューさせるという重責を果たした長谷川は、気が楽になったようで、町田と談笑を始めている。

俺は誰の伴走者だったのだろう。何気なくブースの外に目をやる。晴天だった。目が痛くなるほど眩しい景色の中に、どこから飛んできたのか、雪がふわりと舞っている。涼介はそのまま静かに山を見上げた。尾根を白く染める雪が光を反射する。


長かった四ヵ月がやっと終わった。

午後遅く、涼介はスキー部のロッジで自分のロッカーを片付けていた。終わってみればあっという間だったような気もする。大会での入賞こそ果たせなかったが、意外にも来月、涼介はスキー部とともに役員から表彰されることになっていた。

企業としてパラスキーに参戦したことがメディアに大きく取り上げられ、北杜乳業の好感度は高まっている。これまで取引のなかった大手メーカーからも問い合わせが来るようになっているらしい。専務の狙いは見事に当たったのだ。

涼介を手伝っていた部員の中には伴走者になりたいと言い出す者もいて、どうやら北杜乳業スキー部では今後本格的に視覚障害者クラスの選手を育成することができそうだった。涼介自身はスキー部員ではないが、これからも必要があればパラスキーの伴走をやってもいいと思っている。

窓から差し込む薄い光が床の上に四角い陽だまりをぼんやりと形作っていた。日が当たっていれば多少は暖かいが、それでもまだまだ暖房を切るわけにはいかない。涼介は窓の外に目をやった。

せっかくだから滑っておこうか。ふとそう思った涼介は一人で苦笑いをした。去年の秋まで、十数年も避けるようにしてきたスキーを自分からやろうと思うなんて。それに一人で滑るのはつまらない。

荷物をまとめ終えた涼介は、ロッジの軒下に置かれたベンチに腰を下ろし、行き交う部員たちをぼんやりと眺めていた。ついさっきまで日の当たっていたベンチはいつのまにか陰になり、足先が次第に冷えてきた。時折強く吹く風が雪を顔へと運んでくる。風の中にふわりとした新芽の匂いを僅かに感じた。知らず識らずのうちに春の気配は近づいている。

一人で滑るのはつまらない。

涼介は目の前に両手を広げてじっと見つめた。そうだ。俺は楽しかったのだ。二人で滑ることが楽しかったのだ。それなのに入賞にこだわりすぎて、自分の本当の気持ちに気づいていなかった。いや、自分の自信のなさを、強さにしがみつくことでごまかそうとしていたのだ。

結局、俺は晴を利用して自分の力をアピールしようとした。きっと晴はそんな俺の気持ちを見透かしていたのだろう。

涼介は大きな溜め息を吐いた。靴の周りについた雪は時間が経つにつれて白から透明へと変わり、その形を失っていく。溶けた雪は水となり、またいつか雪になってここへ戻ってくる。

不意にギュッと雪を踏み固める音が耳に入り、涼介は顔を上げた。

ロッジからゲレンデへつながる細い道の上に、赤いウェアを着た晴が立っていた。

「どうして」涼介は思わず声を出した。

サポートなしに晴がゲレンデへ来ることはできない。いったい誰に連れて来てもらったんだ。

涼介は立ち上がって晴に近づいた。

「ほら、右側に立つぞ」スニーカーなので慎重に歩く。

「本気でやろうと思えばいろんなことができるんですねー」晴はそう言ってニコリとした。

ロッジの駐車場で真由子が手を振っていた。涼介は困ったような顔で手を振り返す。

「三〇センチ先に階段だ。五段あるのは覚えているな」晴が肘を掴むのを待ってそっと歩き出す。

どうして大会に出なかったんだ。そう言いかけて涼介は言葉を飲み込んだ。

「階段は終わり。ドアを開けるから、ちょっと待てよ」

晴は来たのだ。自分のやりたいことをやるために。そう、それでいいじゃないか。

「できないこともいっぱいあるけどね」

「ああ」なぜか胸が詰まり、涼介はそれ以上の言葉が出せなかった。

わかっている。できないこともできることもたくさんある。それは晴だけではない。俺だって同じだ。誰だってそうなんだよ。だから俺たちは助け合うんだ。

「滑るんだろ?」

答えを聞くまでもない。晴はそのためにここへ来たのだ。

「いろいろ悪かったな」着替えを終えた涼介は晴の側に立った。それ以上何と言えばいいのか上手く言葉が見つからない。涼介は言葉を交わすことが苦手なのだ。

ゲレンデでは少年団の練習が行われていた。子供たちが大声で叫びながら滑っている。

「あのね、何もしない人は失敗もしないんだよ」そう言って晴は自然な動きで涼介の肘を摑んだ。最初からそこにあることがわかっているようだった。

「じゃあ俺は失敗したのか」涼介は不満げな声を出す。

「さあどうかなー」晴が笑った。

板を肩に載せ、二人はゆっくりと前へ歩き始めた。どちらが先に出ることもなく、歩調を合わせて進んでいく。

「立川さん、私のこと好きなんでしょ」いきなり、晴がニンマリとした顔で言った。

「そんなことはない」

「私はいいですよー」

「何がいいんだ。俺は晴の伴走者だぞ。それだけだ」

「ふーん」晴はそれまで涼介の肘を摑んでいた手を離した。そのまますっと伸ばして涼介の顔に触れる。

涼介の体が強張った。この子は見透かす。心の底を見透かす。

「だから心なんて読めませんってば。超能力者じゃないんだから」

「だって今読んだだろ」

「読めたらいろいろ楽なのにねー」

「俺もだよ」

「ねー。そうしたらもっと人に優しくなれるのにねー」

「相変わらず失礼なことを言うな」

晴はふっと顔を上げた。まるで見えているかのように山頂へ顔を向ける。

「でもね、私、立川さんにしか失礼なこと言わないんだよ」晴は小さな声でそっと呟いた。

風に舞い上がった雪が晴の頭にふわりと載る。涼介は晴に摑まれていない側の腕を回して、晴の頭からそっと雪を落とした。


よし行こう。涼介は斜面を滑り始める。振り返らなくてもわかる。すぐ後ろには晴が続いている。ゆるやかな雪面には、降り続く雪が薄く積もり、涼介の視界を白で埋め尽くす。

「ターン」

伴走者こそ世界最強、世界最速のスキーヤーだ。バックカントリーを縦横無尽に滑る冒険スキーも、ヘリコプターから雪面へ飛び降りて滑走する山スキーも命がけのスポーツだ。だが、伴走者は自分以外の者をコントロールしなければならない。時速一〇〇キロを超え、自分だけでなく他人の命を預かって滑るスキー。こんなスリルがほかにあるか。

けれども強いから最強なんじゃない。たくさんの弱さを知っているから世界最強なんだ。

「ターン」スピーカーを出た音はまっすぐ晴へと向かっていく。

晴は世界をどんなふうに見ているのだろう。涼介はふと後ろを振り返った。音の向きが変わったことで涼介の動きに気づいたのか、晴は涼介に向かって手を振った。

「弱さのない人は強くなれない」

そうだ。弱さが俺たちを強くする。弱さを知る者だけが、その弱さを克服できる。たった一つの感覚の代わりに、多くの感覚に頼る力が晴の強さだ。頼れること。それが本当の強さなのだ。

「左にコブ」

晴は板を軽く踏み替え、楽々とコブを乗り越えていく。

「ターン」

もっと速く。もっと速く。高速で流れていく白い風景が、ふっと全身を包むような感覚になる。スピーカーから響く声。雪を削る板の音。自分の呼吸。そして晴の呼吸。今は、それがこの世界の全てだ。あらゆるものが遠ざかっていく。

不意に全ての音が消えた。

真っ白な空間の中、涼介の目の前にGの文字が浮かんでいた。晴が伴走者のビブスをつけ、涼介の前を滑っている。晴は笑っていた。たとえ後ろ向きでも、顔がゴーグルで隠れていても涼介にはわかる。晴は笑っていた。

ふっと意識が戻る。

気づくと信じられないほどのスピードが出ていた。もはや滑っているというよりも、落ちているといったほうがいい。

「ひゃあぁ」晴が声を出した。

「おおおお」涼介も叫ぶ。

伴走者。それは誰かを助けるのではなく、その誰かと共にあろうとする者、互いを信じ、世界を共にしようと願う者だ。遥か上空から見下ろせば、俺たちの残す二本のシュプールは同じ軌跡を描いているはずだ。

「まもなくゴール」

尾根を越えて届く光は七色に分かれたあと、再び涼介の前で混ざり合って白になる。

二人はゆっくりとスピードを落とし、セーフティゾーンの端で静かに止まった。どちらも声を出そうとはしなかった。ゴーグルを外し、肩で息をしながらしばらくその場に立っていた。セーフティゾーンの外側では、少年団の子供たちが口を開けて二人を見つめている。

涼介が片方の板に体重を乗せ、すっと晴の横へ移動した。晴は何も言わず涼介の肘に手を伸ばす。

「行こうか」

涼介に合わせて歩き出そうとしたところで、晴はふと足を止め、何かを考えるようにそっと首を傾けた。肘を摑んでいた手を離し涼介の腕に絡める。涼介は晴の鼓動を感じた。

「晴と滑るのは楽しい。ただ、立川さんにそう言われたかっただけなのかも」涼介をゆっくり見上げるようにして晴は言った。灰色の低い空から大粒の雪が降り始めていた。

涼介は晴を見つめた。晴の頭に雪が載り、そして溶けていく。

「晴と滑るのは楽しい」涼介は言った。

白は全ての光を反射する。知らない者にとって、それは拒絶に見えるのかも知れない。だがそれは何かを拒絶しているのではない。与えられた光をただ返しているだけだ。

「ああ。晴と滑るのは、すごく楽しい」優しくそう言い直す。

晴の頬に笑窪ができた。

やがて世界は白になる。その白は、まだ誰も知らない色に染まることを待っている。

謝辞

本作品を執筆するにあたっては非常に多くの個人・団体にご協力をいただいた。とてもここに記し切れるものではないが、その一部を記載し感謝の意を伝えたい。

取材依頼に快く応じてくださった北海道札幌視覚支援学校の佐古勝利教頭先生、筑波大学附属視覚特別支援学校の石井裕志副校長先生、青松利明先生、佐藤北斗先生、宇野和博先生、山形県立山形盲学校の石川直人校長先生など、各学校関係者には、お忙しい中様々なご手配をいただき大変感謝している。

特に、山形盲学校の竹田昭博先生からは視覚障害者の学習方法や習慣などについて、札幌視覚支援学校の淺田梢先生からは幼少期のスポーツ体験などを伺うのと同時に、視覚障害者の日常生活に関しても数多くの示唆をいただいた。

筑波大学附属視覚特別支援学校高等部の生徒の皆さんからは、学校生活だけでなく、晴眼者に対して日常的に感じていることなどを聞かせていただき、作中人物を造形するのにあたり大変参考になった。皆さんのおかげで晴は晴になれました。ありがとう。

現役のマラソン伴走者である中田崇志氏、アルペンスキーの伴走者をされていた石黒晶久氏、山戸茂氏からは競技の実態やレース中の駆け引き、また、選手との関係や伴走者の抱える課題などについてのお話を聞かせていただいた。メダリストでもある和田伸也選手と高橋勇市選手からは、選手像のヒントを大いにいただいている。

なお、単行本カバーの写真の手は和田・中田ペアのものである。合宿の途中にお時間をいただき、実際に競技で使うロープを持った手を撮影した。本物の競技者だけが持つ力強さが表れていると思う。

執筆中、工藤真司氏、EKIDEN Newsの西本武司氏、山田洋氏、樋口幸也氏、高木聖也氏、佐久間佳那氏、山内咲季氏、小池鉄兵氏、森永泰生氏など多くの方々からマラソンの走り方やスキーの滑り方に関する細かなアドバイスを、矢部健三氏、大野江梨子氏、河内勇樹氏、衛藤宏章氏、ブラインドライターズの西井一博氏からは視覚障害者の動作や癖、感覚などについてのアドバイスおよび表現についてのご意見を頂戴した。また、アダプティブワールドの齊藤直氏とプレジャーサポート協会障がい者スキーサポートチームの髙木麻理子氏にはガイドの育成におけるいくつかの重要なポイントをご教示いただいた。

その他取材に関しては、日本ブラインドマラソン協会（執筆時は日本盲人マラソン協会）、日本パラ陸上競技連盟、日本障害者スキー連盟、栃木県障害者スキー協会、よませ温泉スキー場にも大変お世話になった。かながわブラインドスキークラブにはガイド育成の現場を見学する機会をいただき非常に参考になっている。

かつての同僚で現在は日本パラリンピック委員会の委員を務める大日方邦子氏にも取材先の紹介などでご尽力いただいた。

テレビ番組の取材で、ゴールボール日本代表の浦田理恵選手、小宮正江選手から恋愛観についての興味深い話を聞くことができたことも作品の幅を広げるのに役立った。

他にも多くの方々にご協力いただいて本作品は完成した。ここに記載できない失礼を詫びるとともに、重ねて深く御礼を申し上げたい。

いつまで経っても取材ばかり続けて、なかなか書き始めない筆者を粘り強く待ち、かつ完成まで叱咤激励してくださった講談社の須田美音氏、加藤玲衣亜氏にも大変感謝している。文字通りの伴走者だったと思う。

そして、最初の読者として常に手加減なしの意見をくれる妻と、疲れた気持ちを癒してくれる四匹の猫たちにも心から感謝したい。

あくまでも本作品はフィクションであり、作中に登場する団体や人物は実在するものとは一切無関係である。また、物語性を優先したために、競技の内容やルール、視覚障害者の日常生活については実際とはやや異なっている面がある。もしも文中の表現によって誤解が生じたり、関係者に不快感を与えたとすれば、それらは全て筆者の筆力の無さに起因する。

最後に、様々な障壁と戦いながら、より高みを目指して日々の練習に打ち込む全てのパラアスリートたちに心からの敬意を表したい。二〇二〇年以後の日本で、パラスポーツがより一般的なものとして多くの観客を魅了することを切に願っている。

二〇一八年　春　　浅生　鴨

※肩書きは単行本刊行当時のものです。

解説

川越宗一（小説家）

淡島は激怒していた。

名作『走れメロス』を思わせる書き出しで始まる本作『伴走者』は、視覚障害のスポーツ選手に文字通り伴走して目の代わりを務め、選手の勝利に貢献する人々について取り上げた小説だ。

浅生鴨さんの凜とした佇まいの文章は、ただ目で追うだけでも洗われるような快感がある。また、めずらしい切り口の上で魅力的な登場人物が躍動し、まさにページをめくる手が止まらないスポーツ小説だ。第三十五回織田作之助賞の候補にも選ばれ、その評価は折り紙付きといっていい。

本稿はその文庫版の解説である。ただし分析的な論述や本作の文学史上の位置づけや意義の検討などではなく、『伴走者』を読んだ一読者のぼくが、この素晴らしい読後感の理由を思い返すようなものになっている。なにかの役に立つか立たないか、それはわからないけれど、あなたの読後感に伴走できるものになっていれば、とてもうれしい。

あと、ここで急いでご注意申し上げたい。もし先にこの解説を読まれているばあい、すぐにページを戻って本編からお読みいただきたい。『伴走者』はほんとうにおもしろい。何の憂いも気負いも持たず、ただそのうねりに身を任せてほしい。そして稿は以後、ネタバレが続きます。

さて、この物語は「夏・マラソン編」と「冬・スキー編」の独立した二編で構成されていて、二人のパラスポーツ選手が登場する。元はプロサッカーのスター選手で、事故で失明して視覚障害マラソンに転向した内田と、盲学校に通う高校生で天賦《てんぷ》のスキーの才を持つ晴。

二人とも、視覚障害のパラスポーツ選手であること以外に、もう一つの共通点がある。

それは、世間で持たれがちな「かわいそうで助けが必要な障害者」というイメージを嘲笑《あざわら》うように、奔放であるということだ。

内田は、俗物だ。勝つためには手段を選ばない。ルールや法律に触れることこそしないが、触れなければなんだってやる。さらには狷介《けんかい》で、口も性根も悪く、ファッションもどうやら趣味が良くない。

晴は、まるで人の言うことを聞かない。天賦の才能がありながら「高校生って忙しいんです。スキーばっかりやってられませんよー」とうそぶき、練習を嫌う。なのにやっぱりどうやらスキーは好きらしい。年ごろの複雑さに手足と才能をくっつけたような感じだ。

「夏・マラソン編」の淡島は、緻密なレース運びを得意とするマラソンランナーだった。

内田の伴走者を頼まれた時は視覚障害者のマラソンを理解できず、「まともに走れるのだろうか」とすら思ってしまう。だが、ブラインドマラソンで日本歴代二位の記録を持つ内田に伴走するには、晴眼者の女子マラソンの記録を超える実力が必要であると知り、驚く。

世界レベルの戦いの厳しさを知っている淡島は、金メダルが欲しいと臆面もなく言い放つ内田に首を傾げ、また選手として「俺だってまだ充分に戦えるはずだ」というささやかな自負と望みから「伴走者などやっている暇はない」とも思う。それでもブラインドマラソンのハイレベルさに、あるいは内田本人にどこか心惹かれるものがあった。自分から電話を掛けるのだが、その衝動はまだ言葉になっていなかった。だから内田が出ると、

「何を話すつもりだったんだろう。自分でもわからなかった」

などと迷ってしまう。

「冬・スキー編」の涼介は、学生時代にはトップクラスのスキーヤーだったが、あっさりスキーを辞めて一般企業に勤めている。営業成績は常にトップで、「強くなければ意味がない」という世界観を持っている。その涼介は初めて晴に会ったとき、視力を失った人に、

「何と言えばいいのかわからない」

と戸惑う。

『伴走者』には「わからない」という語がたくさん出てくる。周囲の景色、試合展開、勝負の結果、自分が言うべきこと、言わずにおくべきこと、他人が見ている世界、その内心、あるいは自分が本当に欲しいものが、淡島にも涼介にもわからない。だから迷い、失敗もする。

けれどそんな二人に、選手である内田も伴走している。晴は伴走しようとする。

勝負から逃げていた淡島は、視力を失っても生きる選択をし、「棄権なんかし」ない内田と走ることで、勝つことへの欲求が芽生える。そしてパラリンピックへの切符がかかった国際大会の最終局面で、淡島の全身と感覚は「完全に内田に一致」する。涼介は、練習を怠る晴の気持ちにずっと気付けなかった。視覚障害への表面的な配慮と天賦の才への期待という檻に押し込まれた晴は、それでも「自分にできることをやろう」とあがいていた。やがて涼介は「できないこともできることもたくさんある。それは晴だけではない。俺だって同じだ。だから俺たちは助け合うんだ」と思い至り、残念だけれど、きっとこれ以上はないほど美しい「冬・スキー編」のラストへつながる（ぼくは、このラストが本当に好きなのである）。

わからないことだらけであるのは、この物語の中だけではない。マラソンのように長く続き、アルペンスキーのような目まぐるしさで流れる現実の日々も、まったく同じだ。

独りでは背負いきれない困難をかかえ、つい立ちすくんでしまうこともある。けれど、きっと誰かが伴走してくれる。そんな期待を『伴走者』という物語は抱かせてくれる。さっき引いた涼介の言葉を少し変えれば、ぼくたちには、できないこともできることもたくさんある。だからこそ、助け合える。

　もちろん現実は、物語のように都合よくは展開しない。どうしようもない事態に磨り潰されてしまうかもしれない。けれどわからない未来、わからない他者は「まだ誰も知らない色に染まることを待っている」白、つまりあらゆる可能性があるのだ。ひょっとすると「太陽の香り」がするタオルに出合えるかもしれない。

　そうだとして、その日まで、わからない現実を戸惑いながら走り続けるぼくたちに伴走してくれる物語。

　それが本作、『伴走者』だと、ぼくは確信している。

本書は二〇一八年二月に小社より単行本として刊行されました。

|著者| 浅生 鴨　1971年、兵庫県生まれ。作家、広告プランナー。NHK職員時代の2009年に開設した広報局ツイッター「@NHK_PR」が、公式アカウントらしからぬ「ユルい」ツイートで人気を呼び、中の人1号として大きな話題になる。'13年に「群像」で発表した初の短編小説「エビくん」は注目を集め、日本文藝家協会編『文学2014』に収録された。'14年にNHKを退職し、現在は執筆活動を中心に広告やテレビ番組の企画・制作・演出などを手がけている。著書に『中の人などいない　@NHK広報のツイートはなぜユルい？』『二・二六　HUMAN LOST 人間失格』（ともに新潮文庫）、『猫たちの色メガネ』（KADOKAWA）、『どこでもない場所』（左右社）、『面白い！を生み出す妄想術　だから僕は、ググらない。』（大和出版）がある。

伴走者《ばんそうしゃ》

浅生《あそう》 鴨《かも》

2020年2月14日第1刷発行
2023年8月10日第2刷発行

発行者――髙橋明男
発行所――株式会社　講談社
東京都文京区音羽2-12-21　〒112-8001
電話　出版 (03) 5395-3510
　　　販売 (03) 5395-5817
　　　業務 (03) 5395-3615

Printed in Japan

講談社文庫
定価はカバーに
表示してあります

KODANSHA

デザイン―菊地信義
本文データ制作―講談社デジタル製作
印刷―――株式会社KPSプロダクツ
製本―――株式会社KPSプロダクツ

ISBN978-4-06-518255-0

講談社文庫刊行の辞

二十一世紀の到来を目睫に望みながら、われわれはいま、人類史上かつて例を見ない巨大な転換期をむかえようとしている。

世界も、日本も、激動の予兆に対する期待とおののきを内に蔵して、未知の時代に歩み入ろうとしている。このときにあたり、創業の人野間清治の「ナショナル・エデュケイター」への志を現代に甦らせようと意図して、われわれはここに古今の文芸作品はいうまでもなく、ひろく人文・社会・自然の諸科学から東西の名著を網羅する、新しい綜合文庫の発刊を決意した。

激動の転換期はまた断絶の時代である。われわれは戦後二十五年間の出版文化のありかたへの深い反省をこめて、この断絶の時代にあえて人間的な持続を求めようとする。いたずらに浮薄な商業主義のあだ花を追い求めることなく、長期にわたって良書に生命をあたえようとつとめるところにしか、今後の出版文化の真の繁栄はあり得ないと信じるからである。

同時にわれわれはこの綜合文庫の刊行を通じて、人文・社会・自然の諸科学が、結局人間の学にほかならないことを立証しようと願っている。かつて知識とは、「汝自身を知る」ことにつきていた。現代社会の瑣末な情報の氾濫のなかから、力強い知識の源泉を掘り起し、技術文明のただなかに、生きた人間の姿を復活させること。それこそわれわれの切なる希求である。

われわれは権威に盲従せず、俗流に媚びることなく、渾然一体となって日本の「草の根」をかたちづくる若く新しい世代の人々に、心をこめてこの新しい綜合文庫をおくり届けたい。それは知識の泉であるとともに感受性のふるさとであり、もっとも有機的に組織され、社会に開かれた万人のための大学をめざしている。大方の支援と協力を衷心より切望してやまない。

一九七一年七月

野間省一

五木寛之　狼のブルース
五木寛之　海峡物語
五木寛之　風花のひと
五木寛之　鳥の歌（上）（下）
五木寛之　燃える秋
五木寛之　真夜中の望遠鏡〈流されゆく日々'78〉
五木寛之　ナホトカ青春航路〈流されゆく日々'79〉
五木寛之　旅の幻燈
五木寛之　他力
五木寛之　こころの天気図
五木寛之　新装版 恋歌
五木寛之　百寺巡礼 第一巻 奈良
五木寛之　百寺巡礼 第二巻 北陸
五木寛之　百寺巡礼 第三巻 京都I
五木寛之　百寺巡礼 第四巻 滋賀・東海
五木寛之　百寺巡礼 第五巻 関東・信州
五木寛之　百寺巡礼 第六巻 関西
五木寛之　百寺巡礼 第七巻 東北
五木寛之　百寺巡礼 第八巻 山陰・山陽
五木寛之　百寺巡礼 第九巻 京都II
五木寛之　百寺巡礼 第十巻 四国・九州
五木寛之　海外版 百寺巡礼 インド1
五木寛之　海外版 百寺巡礼 インド2
五木寛之　海外版 百寺巡礼 朝鮮半島
五木寛之　海外版 百寺巡礼 中　国
五木寛之　海外版 百寺巡礼 ブータン
五木寛之　海外版 百寺巡礼 日本・アメリカ
五木寛之　青春の門 第七部 挑戦篇
五木寛之　青春の門 第八部 風雲篇
五木寛之　青春の門 第九部 漂流篇
五木寛之　親鸞 青春篇（上）（下）
五木寛之　親鸞 激動篇（上）（下）
五木寛之　親鸞 完結篇（上）（下）
五木寛之　五木寛之の金沢さんぽ
五木寛之　海を見ていたジョニー 新装版
井上ひさし　モッキンポット師の後始末
井上ひさし　ナ　イ　ン
井上ひさし　四千万歩の男 全五冊
井上ひさし　四千万歩の男 忠敬の生き方
井上ひさし 司馬遼太郎　新装版 国家・宗教・日本人
池波正太郎　私 の 歳 月
池波正太郎　よい匂いのする一夜
池波正太郎　梅安料理ごよみ
池波正太郎　わが家の夕めし
池波正太郎　新装版 緑のオリンピア
池波正太郎　新装版 殺しの四人〈仕掛人・藤枝梅安(一)〉
池波正太郎　新装版 梅安蟻地獄〈仕掛人・藤枝梅安(二)〉
池波正太郎　新装版 梅安最合傘〈仕掛人・藤枝梅安(三)〉
池波正太郎　新装版 梅安針供養〈仕掛人・藤枝梅安(四)〉
池波正太郎　新装版 梅安乱れ雲〈仕掛人・藤枝梅安(五)〉
池波正太郎　新装版 梅安影法師〈仕掛人・藤枝梅安(六)〉
池波正太郎　新装版 梅安冬時雨〈仕掛人・藤枝梅安(七)〉
池波正太郎　新装版 忍びの女（上）（下）
池波正太郎　新装版 殺 し の 掟
池波正太郎　新装版 抜討ち半九郎
池波正太郎　新装版 娼 婦 の 眼
池波正太郎　近藤勇白書〈レジェンド歴史時代小説〉（上）（下）

井上　靖　楊　貴　妃　伝
石牟礼道子　新装版 苦《く》海《がい》浄《じょう》土《ど》〈わが水俣病〉
いわさきちひろ　ちひろのことば
いわさきちひろ
松　本　猛　いわさきちひろの絵と心
いわさきちひろ
絵本美術館編　ちひろ・子どもの情景〈文庫ギャラリー〉
いわさきちひろ
絵本美術館編　ちひろ・紫のメッセージ〈文庫ギャラリー〉
いわさきちひろ
絵本美術館編　ちひろの花ことば〈文庫ギャラリー〉
いわさきちひろ
絵本美術館編　ちひろのアンデルセン〈文庫ギャラリー〉
いわさきちひろ
絵本美術館編　ちひろ・平和への願い〈文庫ギャラリー〉
石野径一郎　新装版 ひめゆりの塔
今西錦司　生物の世界
井沢元彦　義経幻殺録
井沢元彦　光と影の武蔵〈切支丹秘録〉
井沢元彦　新装版 猿丸幻視行
伊集院　静　乳　房
伊集院　静　遠い昨日
伊集院　静　夢は枯野を〈競輪躁鬱旅行〉
伊集院　静　野球で学んだこと　ヒデキ君に教わったこと
伊集院　静　峠　の　声

伊集院　静　白　秋
伊集院　静　潮　流
伊集院　静　冬　の　蜻《と》蛉《んぼ》
伊集院　静　オ　ル　ゴ　ー　ル
伊集院　静　昨日スケッチ
伊集院　静　あ　づ　ま　橋
伊集院　静　ぼくのボールが君に届けば
伊集院　静　駅までの道をおしえて
伊集院　静　受　け　月
伊集院　静　坂の上のμ〈野球小説アンソロジー〉
伊集院　静　ね　む　り　ね　こ
伊集院　静　新装版 三　年　坂
伊集院　静　お父やんとオジさん（上）（下）
伊集院　静　ノボさん（上）（下）〈小説 正岡子規と夏目漱石〉
伊集院　静　機関車先生〈新装版〉
いとうせいこう　我々の恋愛
いとうせいこう　「国境なき医師団」を見に行く
いとうせいこう　「国境なき医師団」をもっと見に行く〈ガザ、西岸地区、アンマン、南スーダン、日本〉
井上夢人　ダレカガナカニイル…

井上夢人　プラスティック
井上夢人　オルファクトグラム（上）（下）
井上夢人　もつれっぱなし
井上夢人　あわせ鏡に飛び込んで
井上夢人　魔法使いの弟子たち（上）（下）
井上夢人　ラバー・ソウル
池井戸　潤　果つる底なき
池井戸　潤　架　空　通　貨
池井戸　潤　銀　行　狐
池井戸　潤　仇　　　　　敵
池井戸　潤　空飛ぶタイヤ（上）（下）
池井戸　潤　鉄　の　骨
池井戸　潤　新装版 銀行総務特命
池井戸　潤　新装版 不　祥　事
池井戸　潤　ルーズヴェルト・ゲーム
池井戸　潤　半沢直樹1〈オレたちバブル入行組〉
池井戸　潤　半沢直樹2〈オレたち花のバブル組〉
池井戸　潤　半沢直樹3〈ロスジェネの逆襲〉
池井戸　潤　半沢直樹4〈銀翼のイカロス〉

2023年6月15日現在